只有
香如故

方华敏◎著

国文出版社
·北京·

图书在版编目（CIP）数据

只有香如故 / 方华敏著 . -- 北京：国文出版社，
2025. -- ISBN 978-7-5125-1771-4

Ⅰ . I267

中国国家版本馆 CIP 数据核字第 2024B4D761 号

只有香如故

作　者	方华敏	
责任编辑	罗敬夫	
责任校对	丁　宁	
出版发行	国文出版社	
经　销	全国新华书店	
印　刷	北京飞达印刷有限责任公司	
开　本	710 毫米 × 1000 毫米	16 开
	12 印张	165 千字
版　次	2025 年 7 月第 1 版	
	2025 年 7 月第 1 次印刷	
书　号	ISBN 978-7-5125-1771-4	
定　价	39.80 元	

国文出版社
北京市朝阳区东土城路乙 9 号　　邮编：100013
总编室：（010）64270995　　传真：（010）64270995
销售热线：（010）64271187
传真：（010）64271187-800
E-mail：icpc@95777.sina.net

《冰心散文奖获奖者散文精选集》
系列丛书编委会

主任：刘　军

编委：易孟林　郭海涌

主编：凌　翔

只
有
香
如
故

作品简介

　　本书收录了作者近年来发表在报纸杂志上的散文精品。主要是作者的忆旧文章,忆及童年趣事、故乡亲情。这些作品无论写亲情,还是风物,皆有痛感,可触摸,可回味。作品的质感和底色,折射了江南的阳光雨露,浸润了水乡的潮湿。此外还有部分行者记游作品,这些作品清朗大气,文字洒脱,正如中国散文学会原会长林非先生所述——有自己眼中独特的风景、心灵的体悟,给人以审美和愉悦。

总序：爱上阅读，学会写作

○凌翔

爱读书，读好书，养成阅读好习惯，这是近年来流行的好趋势。

阅读的好处毋庸置疑，既开阔了读者的眼界，也陶冶了读者的情操。阅读好书会使读者提高自己的能力素质，调整自己的心情，缓解生活中的压力，帮助读者在丰富知识的同时增强胆识和气度。所以，引导广大青少年学会阅读，爱上阅读，阅读好书，越来越成为专家学者们的一大重要任务。

散文是一种抒发作者真情实感、写作方式灵活多样的记叙类文学体裁。广义地说，散文是与小说、诗歌、戏剧并列，在小说、诗歌、戏剧以外的所有文学作品的统称。但在当代，散文又专指那些形散而神不散、意境深邃、语言优美的文章。所以，当代散文又有了一个形象的称呼：美文。

散文的门槛不高，可以说，只要会写作文的人，都能够写散文。所以，在我国，每天都会有数不清的散文作品诞生。不过，尽管散文作品的量很大，但真正的好散文、真正能够传世的散文作品并不多。可以说，我们常见的散文作品大多是平庸的。所以，为了能够在海量散文作品中发现优秀的作品，人们开展了多种多样的散文评选活动，其中名气较大的有冰心散文奖、朱自清散文奖、三毛散文奖、丰子恺散文奖等。当下最为权威的散文奖项当数冰心散文奖，被誉为中国散文界最为重要和专业的奖项。该奖项由中国散文学会组织，在著名作家冰心女士生前捐赠的稿费基础上设立，每两年评选一次，旨在评选出题材广泛、思想敏锐、能够深刻反映现实生活的优秀散文作品。正因为此，每届冰心散文奖获奖散文作品集都极受欢迎，成为散文写作者的范本，也成为老师推荐学生阅读的精品。为了给广大读者提供更多更精美的散文阅读范本，编者从已经举办的十届冰心散文奖数百名获奖作家中挑选出几十位散文家，请他们从自己所有的作品中挑选出最适合中学生阅读的文字精美、意境深远的作品，结集推出。

首先，大家知道，与小说相反，散文是写实的。散文作家在写作时，如同用照相机拍照一样，用他们的笔墨触及身边的人、事和风景；即使是历史散文，作者笔墨描绘的也都是真实的人和物。所以，真实是一篇好散文要满足的首要条件。其次，好的散文在"形"散的基础上，实则上是"神"的聚焦，是思想的聚焦、灵魂的聚焦。正所谓说东话西，全都是为了一个中心。第三，散文注重抒情，注重遣词造句的美与高雅，注重每个篇章、段落之间层次的递进、并列和呼应，所以，散文又是不拘一格的。正因为此，阅读散文作品时，要能够阅读出新词妙意，阅读出谋篇布局，阅读出作者的所思所想，阅读出作者字里行间散发出来的对生活的热爱和对美好人生的向往，以及对万事万物的兴趣和景仰。

千万别指望别人给你提炼出一二三四的写作方法，即使有人总结出了什么写作诀窍，也千万不要相信。写作从来都没有捷径，要想写出好文章，必须进行深入的阅读，并且阅读好的作品，在阅读的同时还要不断分析作品，把作品拆开来思考。只有读出了每篇作品的结构组成，读出了人物、事物刻画的方法，读出了语言运用的技巧，才会把优秀作品的营养吸收下来，从而转化为自己写作的智慧。

散文写作的门槛确实很低，但写作的台阶却很多、很高——我们每迈上一级台阶，都需要付出很多很多的汗水。让我们一起多读好文章吧，为自己写出好文章积累砖瓦，达到"对事物的观察十分细致，对人物的刻画九分入骨，对心灵的把握八分精准"的标准。

（凌翔，享受国务院特殊津贴专家，《解放军报》高级编辑，原解放军总政治部军区军兵种报刊副刊奖评委，全军军事百科知识命题专家组成员，2000 年被中国科协评为"成绩突出的国防科普编辑家"。主编的"冰心散文奖获奖者散文精选集"等系列图书受到广泛好评。）

目录

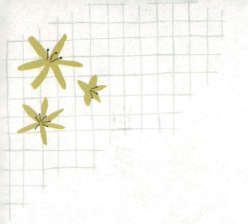

目录

第五辑　晓来花片落春风

第一辑
爱如葵花向日倾

　　梵高油画《向日葵》里挤密的花朵，仿佛都在孤独地呻吟。辐射的金色，挺拔的茎秆，衬着一片淡淡的柠檬黄，象征充沛的生命。而那些深浅交错的暖色调，就是梵高用生命的热情，向观者投以友善的微笑吧。旋转的太阳之花留给世界一片灿然，而梵高的灵魂却坠落麦田的旋涡里，似乎唯有了却生命，才可以靠近黄色中的美艳和哀伤。

曲米酿得春风生

　　春节临近，一首《酒酿歌》拨动心弦，乡居风物也如影随形。我仿佛流连于岁月的谷口，虚掩那扇爬满枯蔓的门牖，任外面爆竹声声，自与祖母重逢于旧年——

　　老屋的年味浓烈。进入腊月，就如同铺垫一个宏大叙事，绵密而细碎。祖母将鸡鸭鱼肉，一一浸过酱油，加入花椒细盐翻炒后腌渍，再扎上红绳，吊挂在堂屋的正梁下；烟熏过的香肠，一节节成串悬于墙边的竹竿上。此外还有土坛封存的辣椒酱菜，大小陶罐装满的各种炒货，还有圆柱形的米缸及土垒的谷仓，都静静地置于厢房。然而这只是过年的序曲，重头戏还在后头呢！

　　村口平时闲置的石磨、石碾、石臼、古井也变得异常热闹。泡过的豆瓣、坚实的麦粒从转动的石磨、石碾中，淌出白白的浆汁，溢出新粉的清香。刚刚出臼的麻糍，撒上马尾松花，软糯、甜润、丝滑，清香久久回旋。大人、孩童庆祝丰年，存储收获，"年"也在他们的忙碌和欢笑中被推向高潮。

　　屋檐晶莹的冰凌透过窗棂，映照翻开的《天工开物》，上面的文字变得清晰："古来曲造酒，蘖造醴。"醴即美酒，充满生命颜色。我仿佛看见祖母做酒酿时的情景，随着祖母的忙碌，左晃右荡的身影，充满了匠气，都映照在制酒的钵面上。这个重要的仪式，源于她对传统的执守而存续，又因执念酒酿更能体现"年"的风情。至今仍然记得她说，凡手工的东西，要诚意。我理解酒酿制作的诚意，即食材的甄选，酒曲的正宗，以及操作时的细致。高高的土灶上，一口大铁锅里蒸着糯米饭，两旁摆放一只竹簸箕、一个大瓷钵子、一串酒曲。祖母将蒸熟的糯米饭晾凉后放入瓷钵内，兑一碗冷却的白开水，再均匀地撒上酒曲后层层压平，用手指在中间钻一酒窝，盖好后放置在床头的被褥里。发酵的日子，我时不时地走近，耳朵贴于钵面，好像听到平静的酒钵中酝酿着动人的声音。三至四天后，开盖就看到酒窝里汪出清冽的米酒，满屋香味。祖母依着伴着瓷钵如疼爱小囡一样的情景，多像一幅温馨的农家图啊。

酒曲——酒酿的灵魂。它诞生于秋日，适用于腊冬。陆放翁有诗云："数枝红蓼醉清秋。"水岸辣蓼花独有一抹嫣红，灼灼其华。祖母却赞赏它的辛辣气息、乡野秉性。每当其时，采摘一竹篮的花蕊，洗净、晒干、捣碎，按比例和着面粉揉搓成汤圆大小，再裹上老曲粉，放入装有松针草的筛子内，置于阴凉通风处。两天后酒曲长满菌丝，祖母就会露出满意的笑容。原来酒曲、酒酿的成功，靠天佑，也靠一种感觉。所谓草木物语，酒行一方，都在于温度、湿度、风速的掌握。祖母就像一名植物秘密的破译者，书写辣蓼花的生命谱系，也践行酒酿的神奇。

除夕夜，庭院缀满红灯笼，烛光辉煌。我捧起兰花碗，围炉吃一碗酒酿圆子，忽地一股清醇甘甜沁入心脾，一室生春。这气场，轻软而安和，自古风而来。再看向满钵的酒酿，盈盈浅笑。它要经过多少万生物裂变、分解后的恒定，才有沉淀岁月的味道呀。如此，酒酿里的美味，不仅牵挂着人与情，诞生出一个个味蕾故事，还隐藏着属于自己与食物联结的记忆。

时间纵向流动，涵盖诸多成长的细节。若从季节更迭里设定一个段落，俨然有了行进和栖止，盛旺和凋零。悠悠穿行旧年，找寻孩童时过年的意义，寄托一种返璞归真的向往。

感恩祖母。感恩"曲米酿得春风生"的年景。

橘香·橘乡

深秋的橘园，缀满温暖的红，圆润而又圆满。它的层次、景深、空间，恰似宋画《橘图》，设色高雅，又红绿写实，古意新象盈怀而来。

橘树是故乡的福树，遍生罗绮，香风微度。儿时吟诵《橘颂》，梦里声音还萦绕耳边："后皇嘉树，橘徕服兮。受命不迁，生南国兮……"熟悉的气息，柔软而亲切。屈原"深固难徙"的故土之爱，因了橘香而唯美绵长。我以为，词里的"绿叶素荣"就是我家侧屋前的橘树啊。

童年的梦与橘树一起开花。

阳光斜进窗棂，隔着纱和我絮絮低语。流动的绿色越过思绪蜿蜒，疏枝里温润得尽是美好。悠悠穿行橘树下，花瓣簌簌落满一身。踮起脚尖，浅闻轻嗅，风露沁蕊，芳香依稀。白净的花，清幽的叶，装点我的新校衣。巧笑倩兮，美目盼兮。枝枝束束疏影横，色瓣牵人亦摄心。橘园里，到处都是这样的静美和诗意。夏日，青涩的果儿蓄满光热逐渐长大，颜色由深绿变成浅黄。待到深秋，终于支不住酡颜而醉倚粉壁，惊喜从侧屋前的老墙根爬上来。此时遍野的橘，如高音妾时明亮，演绎一曲笑傲江湖，清越里透着华贵，像旋启存封多年的女儿红，香得微醺。然而，当我学会用文字填充心灵，再看书里的橘，分明染着乡愁。古人陆绩怀橘遗亲，李衡"呼橘为奴，蓄橘养家"，有藏在橘里无人知晓的仁礼存心。著名学者朱自清《背影》里倚窗凝思，观橘睹物忆父亲的惆怅如此悲不自胜，读着直到恍然若失。这才发现无数美妙的橘红，早已悄悄越过茂密的枝头，攀满我的整个童年。

侧屋的门额，挂着一幅绣锦：祖母精绣的橘。浅蓝底子红色橘，簇簇缀在深绿叶间，掩不住的富贵。就连跳动的灯花也落下温暖的橘红。我剥下一个整的橘皮，拧几股麻线搓成灯芯，浸泡在油里，然后将浸满油的芯用针线固定在橘皮内，精致的小橘灯就做成了。橘香绵延的暖意，隔开屋内的明暗，也隔开屋外的寒凉。

冬日夜长，围炉向火好勤读。我背诵课文，会意之处，必将书本摊于膝上。暖暖的书页，也弥漫灯火可亲的欢喜。放置在炉上烘烤的橘，透着芸香独有的微辛，像安居金粉里，充满酸甜的小令——圆果抟兮。簸箕里，半干的橘皮露出甜甜的笑容，凡俗的喜气汩汩溢出。橘皮性甘，炖煮肉汤时放一点儿即为金风玉露啊，若灌制香肠将其当佐料加入，那就更是胜却人间无数。

迎岁的橘光，来来去去，年复一年，重复着昨天的故事。橘树掩映下的日子，也宛若它的叶、花、果一样，几许苦涩，几许酸楚，几许甜蜜，所蕴含的酸和甜，不失甘美的性情，也使慢慢长大的我体味其中的深意。我不禁想起辣椒全辣，苦瓜连根苦，即使碾为粉末，也不失根本。它们扎根泥土，茁壮成长，一如橘香如故。它们行于参差荇菜间，相生相成，逞娇呈美，又岂止是植物比人活得通透可以诠释？人生五味，总之各占几分呢？

如今，故乡的橘已不仅是童年的零食，还是农人增收的吉祥果。从他们幸福满满的脸上，我看到橘背后的隐喻。大片丰泽果园，耀眼的横幅，告诉我这里已成为橘子实验基地，盛产的橘子远销海外十多个国家……

那天，我流连在一家私人橘园外，深深的桑梓之情使我不忍离去。主人善意，热情邀我入园。这里弥散"竹篱·青黄"的禅意，也盛满橘树半分水润半分田的往事。很多年来，我一直缝补记忆里"橘"的碎片，居然与眼前的情景相重合，那种亲切与生俱来，遥远神秘而又伸手可得。童年诵读"满园金粉落松花"的句子，又古意盎然地浮现在脑海。其实保存记忆的橘不是金色，也不是红色，是介于金和红之间微微奢华的颜色。

世间最神妙的橘树，因为故乡沃土，因为名篇《橘颂》，使之穿越古今、驰名海外。橘之甘，不只是美味与乡情，还关乎人心人性。"深固难徙，廓其无求兮"。屈原为橘作颂，乃寄托非凡高举之情志。这里的橘，当如故乡漫野中的橘树，"自成品格，自立繁华，自在天边……"

故园春梦总依依

记忆泛黄，宛若故园的油菜花，随季节、年岁泅开。那些与之牵绊的温情爱意，早已真切地固化成家的意象。

"清明到，菜花黄……"这首儿时吟唱的歌谣，陪我走过年年春光。它每个字符，都被寄予长情，唱诵得村落田野也温软起来。它每个音节或如亲切的指令，在无言间转动，并动容地托起祖父祖母的恩德，小心翼翼地旋绕在我童年的梦境里……

老屋临窗的桃花粉柔，地面的青砖散发着凉旧气息。只有侧屋的沉香木桌、木凳，像故人一样，体恤安稳。幼小的我端坐在祖母陪嫁的花梨木梳妆台前，享受着她给我穿衣打扮的幸福晨光。铜镜照出她春日般的面容，妆台泛起盎然古意，还有那些锁着光阴的小抽屉，给我以最美的启蒙。祖母将我长发编成麻花辫，发梢系上红绳，再点缀小花，清香又喜气。本色衣衫是她手工缝制的：小小立领，精致盘扣，唯有镶上的一道蓝色滚边灵动而有质感，显出衣衫的华丽，透出君心可晴的新意。尤其值得一提的是书包搭盖上的花瓣图案，先剪出图样后用毛线缝绣，淡黄的底色和突兀炫耀的朱红互相映衬，那个妖娆啊，飞跑起来，真是热闹，把童年的岁月都染红了。

阳光从檐檩缝隙泄下，耳边响起清亮的鸟声，日子悠长。祖父是读书人，总会选一个月令吉日，坐在樟树下教我念《淮南子》的词："梗、楠、豫樟之生也，七年而后知，故可以为棺、舟。"他不注重节奏，重在对词的妙解。直至今日我还感受到他汉剧道白般声腔里所饱含的朴素力量。祖母倚窗悠悠地做着绣活，桃花簇簇透过艳艳的粉，怜人的红意就荡漾在她的指缝间。院内抑扬顿挫的读词声，早已化作绣品的图案，娓娓诉说着花的静、花的红、花开如梦幻般的深情。

我踏过门前小路走向田野，流动的绿色蜿蜒到远山的尽头。雨水丰沛，浸养稻秧，滋润青麦棉苗，泥土深处涌动无限的力量。祖父敲打犁耙，翻耕土壤；祖母种瓜点豆，除草拔秧。他们躬身田间，把早春的希望融进肥沃的土地里。我悠悠穿行在油菜花田里，忘情地恋着它的美丽。陶然间，却听见祖母说："丫头啊，可别疯跑啊，不要惊扰菜花之间爱恋授粉，不然结出的菜籽不饱满啊。"农事暗藏奥秘和玄机，不止那些绽开的花朵，清香的细蕊，还有祖母以"训斥"口吻道出的真正饱含的诗意浓情。眼前纵横阡陌，井然田园，好像都沉湎于菜籽满壳、麦子抽穗、稻谷扬花的美妙之中。

春雨霏霏，落下点点滴滴的哀思。祖父说，有雨有泪的日子才是清明。再看那些安卧在青青草色中的魂灵，已被袅袅青烟、彩色缎带、噙着露珠的白花宠溺地拥在怀中。那时年幼，我对于"清明"的要义还不曾知晓，只知举着彩条，捧着纸钱，穿过油菜花田，走向茵茵坟茔。长长的发辫落满细碎花瓣，淡淡的悲伤写在脸上。我哪里懂得太阳照射黄经、昼夜等长以及山水同在为清、日月同在为明，这些天地间的秘密啊？

春之礼仪，在祖父祖母的虔诚里礼毕。窗前的桃花零落，把生命寄予慢慢长熟的果实。回望田园，我惊讶阳光下的灿黄已从清影的秧田移过，收割后的捆捆菜籽，只留下残阳的气息。数日前的那个春天转眼即逝。季节更迭，岁岁枯荣的作物，世俗庸常的人生，最壮美最热烈的不就是这明媚的春吗？

时间像村头流淌的小河没有尽头，而有时又如盛极的花事凋敝得令人猝不及防。祖父曾那么宠溺春天，却无法让我永远保持一个少年的模样去怀念。祖母曾那么悲情长眠花田的故人，却没有想到自己百年后的孤独。

"离恨恰如春草，更行更远还生。"

感谢春天，因绵绵阴雨而延宕；感谢"清明"隐喻的新意，给离乡多年的我预留了足够的空间去赶赴、解语、怀想。

童年放歌逐春，清明是节令。

今天慎终追远，清明是节日。

当我踏过故园那长长的小道，它的尽头便连着儿时的春天。稼禾依旧，炊烟依稀，只是院内那树桃花含了粉色的春愁，连空气里的嗟叹也附着相思。我站在中轴门庭，往事纷纷，似真亦幻。瞬间，我成了《重访》里的归客，恍若童年生活的记录回放。往事与现实交织，既怔忡不已，又心怀感激。我多想端坐在樟树下，回到那个春天读词的日子里。

细草芊芊的绿茵上，沾濡了清明的泪珠。我的祖父祖母伴花长眠。花间隐现他们浅浅的笑容，一如生前。那些迎风摇曳的青苗，绿黄有时，似乎总能触碰心中最柔软的角落，我这才恍悟自己的不孝。年少时远离的故园，突然拉得很近。那颗负重的心，终于托付于冥冥之中。

我俯身跪拜脚下这方土地，携带一生的感激，在淋漓的春雨里，想念祖父祖母，想念故园的春天。四周潜藏的油菜花香，恰是别样的乡愁。

云夕水兮，云水起兮，细雨纷纷，泪雨滴落……

爱如葵花向日倾

　　我的故乡位于长江之滨，江堤边生长着大片棉苗，嫩叶泛着油亮的青光。到了仲夏，满眼的碧绿、遍地的五色花，预示农家丰年稔岁。而条条田埂间，总能见到几株顶着花盘随着太阳转动的向日葵。它正落生结草，独享其中，做着圆润的梦。

　　乡村的校园简朴温雅。墙外朵朵斜倚的葵花，像画家画画时兑的橙黄色颜料，浅浅的、淡淡的，透着清凉。学校文艺宣传队演出，文体班女生换上统一的服装，捧着自制的葵花模型翩翩起舞："长江滚滚向东方，葵花朵朵向太阳……"激越的旋律，饱含葵花追逐日光的本心；忘情的舞步，充满那个年代的虔诚。若今天重新审视那幕热烈的场景，我还能从鲜亮的向日葵模型里，窥视到希冀和力量。

　　除演出模型之外，报刊、墙报、板书也都印刻着向日葵的图案。它的"葵名东方"，除向阳本身，还蕴含作者的笔性和悟性。画面的意境，深含"浅深聚散，万取一收"的味外之旨。那些葵花图案，印刻着我们这代人的生命成长，被寄予一种历史情怀。如此，每每遇到一片夕阳下的老葵从身边缓缓落下，仿佛看到曾经的向阳花开，看到曾经年轻的自己，既遥远又熟悉。

　　向日葵明丽的黄一直留在我的记忆里。

　　女儿从小习画，她对色彩很有感觉，画的线条、结构极好。画得最多的就是临摹梵高的《向日葵》。那时我家门背后、台板下、墙壁上都贴有女儿画的《向日葵》，到现在我还珍藏着她的画。我最喜欢看她画画：一笔下去，是绿的叶，再一笔勾勒，便是黄的花。那些开在叶间的花，明媚地笑着，把我的思绪牵引至学生时代捧花跳舞的日子。端详之下，我又觉得那画中的葵花仙子，像在翘首等待远方的爱人。画面泛起的油彩交织堆叠，映照的不就是我庸常日子里浓得化不开的情吗？

　　日子如水，生活如诗。

女儿旅德十余年，被欧洲画风吹拂过，她笔下的人物温暖、安静、平和。跳跃的线条带着无限动感，灵气充盈。年少时钟情梵高的"向日葵"，那种微妙的感受，抑或试图依赖图片去悟想另一个时空，会意画间的一墨一色，一情一景，以及揣摩作者隐而不彰的心路，这一切形成印痕，铭记着儿时的绘画之爱，让小小的她懂得拥有和珍惜。然而没想到梵高的画以及《向日葵》的真迹，那么近距离地伴她左右，似乎走进便能真切地触摸到纤细的脉动，抬头即可见"光云图"啊。

德国的吉森至荷兰的阿姆斯特丹很近，乘快车四个多小时即可到达。那年女儿带我前往，满城的郁金香已开至荼蘼。梵高博物馆前的广场上，排着长长的队伍。望着博物馆"实""虚"相融的银色建筑，尤其加盖的新侧翼，从外即可看到里面灯火通明，人头攒动。鸽群低低飞翔，紫色的古老街道，似乎飘荡着遥远的十九世纪的风。

《十五朵向日葵》似曾相识。挤密的花朵，仿佛都在孤独地呻吟。辐射的金色，挺拔的茎秆，衬着一片淡淡的柠檬黄，象征充沛的生命。而那些深浅交错的暖调，就是梵高用他对生命的热情，向观者投以友善的微笑吧。旋转的太阳之花留给世界一片灿然，而梵高的灵魂却坠落麦田的漩涡里，似乎唯有了却生命，才可以靠近黄色中的美艳和哀伤。自然的物象承载他年轻人生的主观情感，借助于此情此景，他追逐日光的情操，知其不可为而为之的勇气，与希腊神话伊卡瑞斯奔日是不是有着异曲同工之妙呢？

也许，只有来到这里——阿姆斯特丹，才能体味到梵高的孤独与决绝。他立于时间之内，裹挟时间刺扎自身，一路行吟，与自己孤独对话。无论《收获景象》，还是《夕阳和播种者》等作品，画中的金穗正朝着最后的成熟绽开，背景与大地一同闪烁着紫罗兰般的光泽，那么热烈。然而从画面中，我却看到隐藏的冷澹。他用冷色安慰孤清的心，却又渴望温暖。我以为，女儿对梵高向日葵的迷恋，不仅因为情怀，更为一种动人的凄伤吧。梵高选择的孤独，竟是我们当下真正陌生的东西。

那个夜晚，我和女儿两个人坐在街边的咖啡屋，接着主人递来的 HEMA（咖啡），把疲惫泡入杯中，侧目便看见墙角的黑色镶板与闪亮的铜爵，低沉的管风琴声从远处传来，美妙、浪漫、怀旧。窗外临河，交错纵横的河道，蛛网般的柔情，缓缓前行的小舟，就像梵高的画。柠檬黄的灯光映照着水面，天空落满星花。思绪便从云缝里一丝一丝地透出来。这黄和蓝、冷和暖，各自铺开又如此和谐。似乎来不及过多回味，却因为怜惜而变得格外的恒久和绵长。

"更无柳絮因风起，唯有葵花向日倾。"

多年以来，我与向日葵相亲相惜、浅喜深爱，好像一直活在它的阳光下。我所保存的闲散笔记、绘画，以及女儿留学的信件，书香满屋。它以一种极贞静的气息，润泽着冗长的日子。我习惯在零散的生活中寻觅有关它的文字，用一根珠线连缀起来，让它闪耀岁月的光芒。

故乡江边开发，高楼渐起。堤下已不见绿的棉苗粉的花，以及向日葵摇曳的风姿。江水丰沛，延展两岸的深度和广度，小城沿着江边向外发展，层层递进，显得不同凡响。时日变迁，带走的不仅是棉花香里说丰年的怀想，还有覆盖我年少的一抹抹耀眼的金黄。

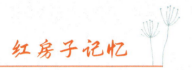

红房子记忆

我与学伴之间，隔着多年重返的脚步，依然沿着旧日路径，通向她的住所——宜昌地区福利院。福利院那排红房子，究竟隐藏着多少童年妙趣呢？我的人生在回溯过往时，又获得多少生命感知呢？

70年代，宜昌地区福利院带给问安乡村不同凡响的气质：新颖而自立。乡村的夜晚寂静，有了福利院那台公用黑白电视机，便多了盎然生机，也为方圆十里乡村的孩子打开了知晓外面世界的窗户。电视画面舞动的光影，成为那个时代的文化盛宴。因而，那排红砖红瓦的房子，也显得格外高阔饱满，像秋天包容大地的色彩，厚实而灵动。

四十余年过去，我无法将福利院与时间具体量化起来。金秋时节当我来到这里，轻叩门扉，才明白曾经最珍贵的怀旧探访，不过是一场精神回归。小心捡拾朝朝暮暮的恩情，一幕幕回放，才发现仅存的两栋红房子仍在等我。待我走近，便若感受到久别重逢的深情。再看锈蚀的锁环、断裂的水龙头、老榆树，我顿然涌起无言的感动。时光早已渗透房体，红色的砖瓦已在季风中渐渐褪去。墙面、墙根长满茸茸的苔藓，唯有门前黄色的小花蓬勃放着。走到远处望过去，它愈发落寞，像一艘年久失修的船，停泊在季节的深处。

站在红房子前，思绪落在岁月的对岸——

天边晚霞泛起，我搀扶着学伴（她因患小儿麻痹症而残疾）归来。福利院红色瓦顶光线流动，院子充盈着草木香味。墙边斜倚的榆树，阴影里透着夏日的清凉。学伴的父亲下班回来，也把军人的风采带回家。他挺拔俊逸、铮铮傲骨是战争岁月给的；他亲和内敛，有一种静气，是固守的自尊；他"望之俨然，即之也温"，是南下党政干部的干练和儒雅。尤其是他带着东北口音的话语和看我时怜爱的眼神，至今想起还依恋呢。学伴的母亲温润平静，细腻的面孔，闪耀着母性光辉。她温暖的气息，因了疼爱蔓延铺展，多了几分恒久绵长。恬然品尝她做的饭菜，新米清香，荤菜不腻，蔬菜鲜嫩，腌菜回味无穷。香辣之外的柔与韧，带给我丰富的味觉享受，就连与弟妹们一起刷碗，水流"飒飒"冲刷碗筷，都能听得见它婆娑长大的声音。那个夜晚，我和学伴枕着一头青丝入眠，流淌梦呓的幸福，轻扯着小小心事在月光里浣洗。

"纸鸢未负学童意，渐晚东风又经年。"我与学伴相扶走过十二年的学生时光。所有的艰难于她都云淡风轻，恬淡平静。她说心里有盏灯一直亮着，我知道那是成长的力量。后来我当兵，她进厂，就像两片叶子，分别流入不同的溪口，但照见的纯真美好却珍藏各自心底弥久历芳。如今的她写古体诗，细读历史，如一颗钻石暗自发光。日静山长，父母清寂，那份幽独之美，已不属于这个世界。

往事层层叠叠，数不尽超越血脉的厚谊，写不尽红房子的隽永，也诉不尽漂泊者的哀矜。我用镜头定格和剪裁自己的目光，还原童年的背景。而镜头外遮蔽什么呢？颓圮的墙？破败的窗？还是悠悠岁月？

檐边一棵柚子树挂满果实，一望便知是新树，但青色的枝干依旧泛着宁静的美。它没有经历过沧桑，也没有时间的伤口，温柔的光斑透过层层叶子落在我扬起的脸上。我问这家主人："你可知道原来通往长春小学的公路吗？"她指着我脚下说："这不就是吗？"我已迷失方向，怎么也想不到曾经往返的大路变得如此破旧狭窄，原来我依旧生活在小姑娘时期不肯老去。社会发展，时代变迁，一个小世界便是一部变迁史。它明泽的意象，以及童年时代红色文化辐射出来的红色图腾，留给我的不单单是情怀，更多的是时间节奏下的思考。

新的福利院大楼美观时尚，明丽的窗反射绚烂的光直耀人眼，大门前 logo 墙显眼大气。今昔流变交织，如同梦幻组合。直到此刻，我才发现自己朝思暮想的圣地，竟已如此寂寥，烟火散尽，原来童年只不过是自己设计的一个盛大节日，而那个节日，早已在时光中悄然落幕。

栀子花，白花瓣

初夏，江南的梅子雨如期而至，像暑热到来之前的慰藉，细密而绵柔。

院子里的栀子树从暮春醒来，碧翠的叶面沾濡清明的泪滴，隐藏叶间的花苞抽箨，悠缓得 不忍久视。近日几场细雨，几个艳阳，花瓣终于肯探出头，将美丽的面容呈现。哦，原来初夏也是抹了淡淡愁绪的。

我倚靠窗前，静静注视那如凝脂的朵朵柔白，满满的都是给予。这一年一度的栀子之约，是我为自己设定的仪式，多少年不曾间断。荏苒岁月以这种形式承托着，无不安然妥帖。再过几日，这如雪的白、精致的蕊，将如丝如线，隐退而去。不管节气在这片大地上如何循环往复，我都能从她的青绿和柔白之间，看到故里栀子花的影子，从清晰又模糊的乡愁里，想起遥远的往事。

故里的栀子唯净，仙女之精灵。低檐的人家，庭院里，抑或池塘边，总安然驻影着棵棵栀子树。小满时节，含苞的青镶绿，一塘的绿云绵延，总有一朵半开的栀子挺然其间。此时细雨洒落，花儿唯我又忘我，那么完美自足。我不觉感叹：有栀子在侧，有栀子在心，则长长的雨季又何妨呢？梅子雨滋润万物，消解栀子温柔中的率性，增添任性中的绵柔，赋予她更为鲜活的意境。

五月的雨里，栀子花径自白着香着，我却独享其中。从满载课本、作业簿的藤木书架，到沉香木桌；从白瓷杯到玻璃瓶，无不摆满、插满栀子花。连同长长的发辫、贴身手帕也点缀着藏匿着栀子，素洁恬雅，浓烈芬芳。馥郁的香滑进书本里，檐下雨珠儿滴答，温课时心无旁骛。窗外流动的绿早已越过池塘蜿蜒到田野，苗壮的秧苗，渐丰的麦穗，恣意的芜菁。我的记忆便丝丝缕缕明晰起来，关于爱的，关于浪漫的，关于姐姐的……

乡居的少年生活优渥自在。暑假了，所有的紧张都在如风的洒然中消散。那年初夏的雨季迟迟没有来，伯父家门前的栀子开得如同小写意，半阖半醉，凝聚的清香一波一波地飘散。姐姐——我伯父的长女，安静地坐在花前，悠悠地做着绣活。微风吹动白色裙裾，身边绿叶茵茵，清妙的碧玉年华。一枝桃花从亮白绣布中斜出，怜人的红意就荡漾在她的指缝间。我迷恋这颜色和细节，倾心姐姐的一针一缕，并陪伴她左右，静静欣赏。绣针在她手中翻飞，十二色彩线搭配，平针、套针、钉针间或转换。绣着绣着便看见绿叶、水草，还有欲语还休的水波。尤其是那对灵动的金鱼，振翅的小鸟，含情的虎头，跃动出凡俗的喜气，留住那个夏天少有的华丽。姐姐微笑着说，你上学念书多好，哪像我学习不好，只能在家绣花。此时栀子的柔白层层绽开，延伸着纯色之光。而我却看到她眼里的倦怠。也许，我做梦都不会料到的结局让五月铭心的期许成为空付，让花期成为姐姐最美的叙事。我默默祈祷雨季不再来，而难以预料的世事，已在姐姐刺绣的朵朵似血的桃花、柔白的栀子里为她添加了注脚。

小村那头，隔着细水长流的日子。姐姐不再像花季时坐在树荫下冗长地刺绣。年少的她俨然变成劳动的好手。薅苗插秧、割稻打场，与农人比肩，从不示弱。那些纵横的小陌，留下她重叠的脚印，灼灼阳光下，她如一把犁铧翻耕潮润的土壤。黄昏最浪漫，她依偎田埂，看稻浪翻涌，如心中燃起灯火，温暖又明亮。慢慢地绚丽的云霞浣净，星星挂头顶。这时打谷场的号子响起，晚风下摇动着的谷子从她的指缝间漏下，苦累全然不觉。

那年花开，那年半夏，我放学后去田畈。姐姐穿着半新的阴丹士林布小褂，从麦青中走过来，越发温美素净，像极了她的乳名：秀。她悄悄告诉我，有一个情理兼备的男子走进她的梦，承诺相爱无尽……姐姐矜持中难掩淡淡的喜悦，宛如她贴身素帕暗藏的栀子，独属于她的桃李年华，独属于她爱情的朝朝暮暮。

端午节，梨木餐桌上，盛满菜肴的盘盏与碗筷轻轻碰撞。饭菜的美味，化作丝丝香气，弥漫开来。应景的"五红"：鸭蛋、黄鳝、苋菜、桃、红枣粽，丰盈又喜庆。未来的姐夫站在姐姐身边，伯父伯母的笑全荡开了。我至今仍清晰地记得对他的第一印象：英气俊朗，善良体贴。他捧给姐姐的栀子，电光石火般，淡极的艳，纯色的白，已花开至荼蘼。只是那年那月的我，还不谙人事，不懂花开。

"于飞燕，并蒂莲，有心已待成姻眷。"我目睹他们完美的婚姻：一对璧人，一个好日子。唢呐悠扬的音符倾泻如绣锦，一曲《百鸟朝凤》，喜庆欢快又高潮迭起。红色梦幻所营造的浪漫物语，神秘不可喻。"愿得一人心，白首不分离"，是姐姐最美好的愿景，也是我最美好的祝福。

院子里的栀子花一丛丛深情地开着，溢情溢香。姐姐有了宝宝。她从容地带娃，出工。小衣服晾晒在太阳下，沾了栀子香气，如白宣浸过，怎么看都明艳，连心情都像栀子次第开放起来。光阴是她手中的溪流，井然有序地平稳流淌着。

人生有太多的不幸，常常使人猝不及防。记得那个初夏，细雨绵密悠长，栀子垂泪。姐姐心脏病猝死，没有征候，没有前兆。模糊的情境，刻骨的悲痛。伯母声声呼唤，撕心裂肺。姐姐抛下疼爱她的人，抛下幼小的闺女，隐遁于无尽暗夜。风吹过她的坟头，无处安放的哀伤，忧郁地飞舞，像曾经的点点时光。

故里的栀子依然柔白清香。凡世里种种际遇变幻，谜一样锁着。正如"落絮轻沾扑绣帘"所描绘的那般，有多少花朵随一夕风雨凋零？我从花木的仍常中，窥见命运的无常。流年的光影，照见隔岸花树下永恒的五月，竟是那样的切近又那样遥远。故里的栀子从此挥不去岁月濡染的悲伤。

我和姐姐血缘亲情，十指连心，怎能不对她顾念长久。四十余年，她的一颦一笑，她的绣品，都被我细细珍藏。

窗外的栀子花，已枯萎、黯淡，如李叔同的《落花》，归于沉寂。原来生命退场，也可以这样恬静。我恭敬地捧起朵朵残花，整理、珍藏。用它连缀起来的文字，历久弥香，可得永恒。

栀子花，白花瓣。青春里的姐姐啊。

难忘目送，深深别情

　　沿江高铁开通，把我与故乡的重逢变得轻而易举。

　　抵达宜昌东站，我的思绪仍循着车窗外倏忽的影儿游荡。走出车厢，裙角不经意扫过地面，思绪委婉涌上心头。侧目便看见"宜昌"正用欣喜的目光看着我，宛如在此等候多时的朋友，笑眯眯地向我走来，并热情地张开双臂，轻轻将我揽入怀中。

　　独自徘徊在站前广场，阳光鲜活而似曾相识，眼前的景致让我迷失和恍惚。现代时尚的新站，以矗立水电旅游名城人文精神之上的气象，把我带入另一个时空。昔日繁冗的宜昌站，长长的绿皮火车，落后的单线铁路，都随时代的行进而悄然隐退。只有站台内铁轨延伸向前，以及城东大道两旁栾树粉色的花小心翼翼地开放，依稀还能看到过去"花艳站"的影子。

　　这座美丽山城，作为我行程的起点和终点，不知承载了多少难以言喻的悲欢。年少的金色梦境，如诗的锦瑟年华，成霜的多年相思，无处安放的乡愁……都深深融入这片土地，就像小提琴曲《回忆》（Souvenir），如歌如吟的往事，令我沉湎、喟叹、深思、怀想。

　　四十年前的冬天，我当兵离开宜昌，注定此生命运的漂泊。那天，站在桃花岭宜昌军分区门前整装待发的队伍里，我们聆听接兵连长深长的话语："从现在起，你们女兵就是最幸福的人，走在路上，行人会向你们投来羡慕的目光。"我稚气而自信的神情里，充满对军人的景仰，抬头便看见斜倚门岗的梅枝含苞欲放，细香微度。我用神秘不可喻的慧觉，将年轻女兵连同家乡的暖阳一起摄入记忆，心底叠印的是怎样生动的画面？

　　一个青春的背景。

　　一个永远的美丽。

　　集合哨声响起，我背起背包，沿着宜昌站前长长的台阶拾级而上。身后浩瀚的长江，美丽的桃花岭，秀丽的山水，慢慢越变越小。矗立山顶的宜昌站，凸显

其自然的高度，然而年少的我却无法领略它的精神高度。长长的绿皮火车启动，窗外清风徐来，"洪湖水呀……"的曲子伴我远行。1976年的故乡就这样被我留下。从此有关她的记忆，都被我永久珍藏。宜昌站，完整记录了我的第一次远行和与故乡最美好的约定，完美阐释了从武汉、郑州、石家庄，最终抵达北京站的行旅感和诗意，并耿耿见证了我心底对故乡的笃定。我泪眼模糊的不仅仅是视线所及的地方，还有心头的不舍和依恋。可那时哪里懂得离别的要义呢？

《诗经》："曰归曰归，岁亦莫止"，或许是对游子乡土意识最深刻的注解。四十年的往返，无数次的出发和抵达，旅程从长到短，从难到易，辛苦自知。若将站点在地理坐标和时间轴上串联起来，或许就是我生命的轨迹。然而，无论宜昌离我咫尺之近，还是天涯之远，总是寄托某种深意，那么强烈地牵引我；无论它给我多少悲伤与喜乐，宜昌站那盏信号指示灯永远亮着。温暖的光，照亮回家的路。

难忘那年腊月，我们一家三口从南京回家过年。当看到列车上"无锡—宜昌"，亲切感油然而生，对坐票、拥挤、迟滞、颠簸都全然不顾。我们攥着车票数着，历经江苏、安徽、河南，整整36个小时，那种焦灼、渴望是现在无法体味的呀。当听到"宜昌站，到了"，伴随刹车撞击铁轨激起的美妙回声，我的眼中顷刻盈满泪水。当我拎着行李穿过高高的天桥，久违的乡音，花椒豆豉的香味飘过来，我恍然还在梦中。俯瞰山下宽阔的市民广场、繁忙的东山大道，我想该如何给"家"一个定义？若行程称回家，返程称什么？哪里才是我回与归的所在呢？

宜昌站是在场者，曾陪伴这座城市栉风沐雨，见证这座城市的历史发展与变迁，同时也见证我的成长。它像母亲倚门迎望，既嗔怪我的迟归，又怜惜我的劳顿。它把我归来的喜乐显露在出站口，把母亲无声流泪的身影隐匿在送别月台。它用分针计算我在家的幸福，又用秒针守护我的时光。那面挂在进站口上方的时钟，以变化的姿态，延续恒常的时间。然而，它又如天空的太阳，助我用日晷或沙漏来判断时间，测定并精确属于自己的日子。如此，我的人生注定在不停地上下车中度过，到站或远去也成为必然。我敬仰宗师宫二维护武林世家的霸气，却永远做不到像她那样，选择留在属于自己的年月，停下就是故乡。

感谢时光恩惠，让我再一次回到这里，与年轻的自己相逢，聚首话当年。

今日的桃花岭古意新貌。宜昌军分区仍然保留错落有致的旧建筑。透过门岗可以望见攀爬院墙的紫藤，浓荫如云。这花影下的束束紫薇，是献给曾经站立在这里的新兵吧，芳香永不凋零。秋风扫过老楼门前的院子，掠过斑驳的台阶，我顿然想起一部电影的主人公演绎穿越时空的故事，如同当年临行前连长的训诲在耳边回响。

沿着滨江公园的江堤向前，我已无法细致勾勒与它之间的关联，也无法寻觅曾在蜿蜒江滩奔跑的足迹。江水浩浩推动逐排的浪花，闪烁的标塔和来往的船只，让人觉得它们前行的沉重。对岸青山，被时光抚拂得洁净而圣清。沐浴天光的夷陵跨江大桥恢宏的气势，优美立体的线条，被我设为背景摄入镜头。望着镜头里的故乡，我看到一座既保夷陵山水固有特色，又具现代创新之美的山城。那些消失的珍贵旧景，就留给我细细回味，常忆常新吧。

夕阳落下堤岸，暮色渐起。车窗外排排粉色栾树清欢热烈，这样美的意境，我亦记得这样难忘的相聚。战友们特意挑选有雅意又有古情的酒店。坐在酒店，可看见对面高高的火车站，以及璀璨的灯火。酒过三巡，我们眼神间的交流，依然还是初见时的随心随意。聊离开时的懵懂，北方部队的苦寒；聊新兵时的洋相百出，戴上领章帽徽后照的第一张照片……她说，如何舍得离别？你说，如何知晓再重聚？我说，把思念做成一朵盛大的红花，别在胸襟上……散场已夜深，星星满天，连空气都是年轻的味道，这是 70 年代吧？我们还穿着军装啊。悠长如永生的刹那，美好如斯。有人说，当兵的女子，脱下军装，亦是不着烟尘的样子，带着仙气。那份灵动，让我想起这里八月的一城栾花，香得微醉。

离开前夕，我再次去了宜昌站。站台清净，站牌孤立，信号灯依次显示红绿，只是依然没有列车驶入。它像一位阅尽人生、褪尽生命年华的智者，显得那般明澈而自享。我伫立在站前广场，与这座旧站离得如此之近，又如此之远。就像眼前的长长台阶，留下多少足迹只有它知道。我想起一句禅语：你来过，风记得。我沿着东山大道返回，难忘目送一幕，深深别情。

如此，用同学江明为我而作的诗词《满庭芳》结尾：

叠嶂山中，初秋时节，依稀仍有花香。清风拂面，丽影过围塘。揖手轻轻一握，四十载，回首苍茫。方谈笑，余怀未尽，还又举离觞。

不堪遥忆久，峥嵘岁月，多少炎凉。家山远，故乡忍作他乡。常约窗前明月，心思结，都付文章。读来时，与归之子，泣血话衷肠。

草木香

院角的香樟，树干苍老，褶皱凹痕中长满苔藓。而它的每片叶儿却写满春日的诗行。赭绿之间，一缕缕鲜亮的橙红细密地包裹着丝丝如剪的青绿，宛如金镶玉，那样的清新脱俗、含蓄隽永。

池塘边，薄荷、夏枯球、半夏等中药枝叶繁茂、清幽俊秀。这片青绿不但可蔬、可啜、可饵、可药，还为群芳中的上品。应和"首夏犹清和，芳草亦未歇"的景致。香樟簇拥着老屋，院落转角间交合的百草园，形成四季生发的花径，蜿蜒、静谧、清香。

祖母端坐树下，悠悠做着绣活。她针线迂回，平缓律动，那些浅白的、淡若无枝的细花，细细密密地从帛上散发出来。我陪伴在她身边，捧书静读。此时，唯有针线的轻响与翻动书页的声音，轻轻萦绕。

老屋的房梁上，一对紫燕呢喃。栖息在树上的鸟儿飞来飞去，叽叽喳喳地叫个不停。几只长尾巴喜鹊，穿着黑白修身长衣从容掠过。小小麻雀聚集，或啄食，或一起热烈地欢歌，稍有动静，就会噜噜地惊起。此时祖母说，香樟树就是鸟儿的家，百草园就是鸟儿的玩伴，你们小孩子就是鸟儿的冤家。平日嬉笑打闹无妨，千万不要捣燕窝、戳鸟巢；也不准摘夏枯球的花、薄荷草的叶，小心手指肿胀疼痛。那时小，对祖母的话不以为然，又深信不疑。

那些鸟儿，冬天迁徙，春天回来。百草园一岁一枯荣，春风吹又生。一座村庄，一个家庭，几代人的成长，都在时代风云中不断发生蜕变。只有生灵、植物与老屋相依相伴，相看不厌。那几只喜鹊，祖母视它为如意的象征，平日生活的吉祥物。每日晨起听见它亮开嗓子说话，就知道喜事临门呢。

祖父是当地的中医，人称"三爷"。他的医道究竟有多高明，我也说不清。但十里乡亲却信奉"医不三世不服其药"的古训。而真正体现祖父医德的是他的仁爱之心。平日他坐诊，其色也平，其言也温。以脉性准确诊断病情，无不得到众多病人的推崇。母亲女承父业，"汝可勤学习，每上疏宜自书"。她"身背药箱出夜诊，塘边地头挖草药"，也可谓新一代乡村医生的范例。那些装满各种草药的褐色柜台，排列齐整的方形抽屉，一副小秤，一个舂桶，都默默映照母亲忙碌的身影。指尖的药香早已融进平日的生活，治病救人就是祖父和母亲恒久不变的信仰。

我倚靠"家庭病房""作坊式药铺"度过童年。母亲身上的甘辛味儿，给予我最好的滋养。满屋氤氲的熬药气味、捣药有节奏敲击的声响，还有痊愈后病人感激的目光，是我最深、最美好的记忆。我嚼着甘草、捧着书本成长着，慢慢地嚼出人之本真，草药之清香。

又一年夏日，我捧书坐在香樟树下，触景思旧，心头倏然明悟祖母为什么要绣香樟浅白的细花。那些花儿既不艳丽，也不娇美，但却具备极高的药用价值，抑或寄情的风骨。它静默地开放，只为祛风活血、减轻脘腹胀痛之疾。它不稀荣贵，何忧乎利禄。就像祖父默然的一生，母亲朴实的青春。它从东风里走来，又悄声离去。似乎奇妙也在，繁华也在。而这些小花于祖母却属于烟霞之景。那些平淡的颜色，给予祖母多少慰藉啊。而细花到了秋天，竟然张开黑色的籽粒，热热闹闹地挤在一起，顽强忘我，收获满满。这些最珍贵的人世生命的忆念，以及刺绣中隐喻的人世相知，让我对世界的好奇心随岁月而逐渐增强，学会用生命的眼光看待植物。

时光荏苒。

渐渐老去的祖父祖母，终于放下诊脉的手指、绣花的针，如同一棵耗尽生机的草药，荣枯成梦。母亲不仅继承了父辈的衣钵，还建立了与乡亲之间的精神纽带，使固有的乡情具有凝聚力和亲和力。她进修医专，学成后回到镇医院任内科医生。我家"作坊式"药房渐渐退出历史舞台。

时代变迁，历经改革开放，在这块土地上劳作的农人，依然以种植草药为生。村委会组织统筹农田部分份额，由母亲牵头，以百草园为示范样本，规模种植，扩大种植面积。老屋周围的五六十亩旱田，全部分季节种上了白芍、半夏、沉香、玉竹等。

每年三月三，乡间栽培半夏、沉香成为重头戏。半夏的工序十分规整：温床催芽，待芽鞘发白，将带芽头的种茎定植；沉香一般购买苗木栽种，地势要高，避风向阳；而白芍与玉竹则适合秋季栽培。白芍的芽根有大小之分，种时开穴，行距和株距都有严格的要求。玉竹是唯一可以一年种两季的药材。月朗星稀，溪清人静时，药农还躬身田间，查看长势。母亲拖着装有腐熟粪肥的板车，忙着补芽根，覆盖一层肥与土壤齐平。"一丘藏一果，一果藏千秋"，深深地诠释着草药与人、草药与这片土地的爱与缘。

那年深秋，党的十八大的春风吹遍乡村，可谓"秋日胜春潮"。"绿水青山就是金山银山"的理念也就此深深扎根于村民的心底。政府也把种植药材当作一项民生工程去做。起伏的山峦、交错的溪流，给予这里丰富的水能资源；惠民政策，也给予药材种植生机和活力。境内河荡两旁，名贵药材菌麻长势喜人、丰收在望。母亲不顾年迈，对产区已形成的乔、灌、藤、草多种药材植被，以及花卉型、野菜型药材等进行细化，并聘请技术人员分类指导。同时，她也为"科技兴药"、提高药材生产的集约化水平、构建地方品牌而出谋献策。

我不知道，母亲一生可以承受多少困苦。每每忆及"药"的细节而倍感艰辛，又因为"药"的境遇，召唤出为什么要坚持"为民做事"的话题。她说，村民富裕，产业兴旺，不仅要打破过去的小作坊式经营，还要"不为外撼，不以物移，而后可以任天下之大事"。也许每种生命皆有自己的道场，母亲受先贤"长太息以掩涕兮，哀民生之多艰"的影响至深，致使一生都以医为业，以医为民，以创兴草药种植发展为己任，执着守诚，心无旁骛，始终忙碌在一线。

人勤春来早，功到秋华实。行走乡间，处处一派繁忙兴旺的景象。我村在保证粮食稳定的基础上，采取"公司＋集体＋农户"的模式，发展中药材种植基地。一簇簇白蔹攀爬生长，一丛丛天门冬遍布田野，其他药材种植正有序进行。我望着百亩白蔹、十亩天门冬，还有其他药田，流动的思绪蜿蜒到了天际。雨水丰沛，滋润药田，泥土深处涌动无限的力量。我仿佛看到白蔹、天门冬检验的各项指标都领先，与制药厂签订的订单一摞摞；看到村人脸上挂着丰收的喜悦和灿烂的笑容。

老屋地基上的薄荷花开至荼蘼，四周藤蔓缠绕。那棵香樟树已老得直不起腰。伫立这里便进入自己成长的节律中，过去的一切历久弥新。晨间悦耳的鸟鸣，喜鹊亮开嗓子的歌唱，还有那双紫燕栖息房梁的情浓蜜意，空气中弥漫的植物甘甜与清香……追怀过往，慰藉难以言说。这一切汇聚生命，藏着童真趣事，也藏着家的灵魂。恍然看见祖母端坐树下，看见祖父正处堂屋从容地把脉，悉数着指尖的奥妙。是啊，祖父去世后的那些年，还有人从远乡一回回地来诊脉。再后来，祖父坟头草深了，仍有人来。嗯，口静山长，祖父祖母清寂，已不属于这个世界。

村庄变迁，村民富裕。

稠密的药田，已渐渐变成黄绿色。清澈的小溪，平缓流淌。细小的花儿，炫耀着生命的昂然。植物与人一样，追着日光和温度。而我爱的花香，始终与母亲连在一起。

家乡山林俊美，生灵灵动，给了我仁厚长久的滋养。我愿永远寄生于它，与之共生共存共荣。

归梦·花红

佛说，他一生讲的经，就在那朵花里，若懂得那朵花，就懂得生命本身。我顿然醒悟，老屋那盏结满捻芯的灯花，以及祖母绣品里的每一朵花，不就是佛家所言的定境中绽开的禅花吗？

祖母——绣娘啊，世间还有您这样嫘祖般抽丝的腕底、石针穿孔的慧心吗？您曾教我相信生命留有的印记，可回过来印证自身种种；您让我悉闻您两位胞妹的乡音，清赏尘世间继续燃着的繁花灯火。

哦，您是说两位姨婆婆的刺绣吧。

秋日望鹤兰开，阳光照在细长的顶端，是西墙边射进来的落日余晖。我喃喃低语：两位姨婆婆的绣品，早已红绿深嫩，繁花绽放。

记得年少时，两位姨婆婆来我家。天未亮就听见她们姐妹仨，你一言我一语说着话儿。内容总也离不开娘家过往、姊妹浓情。声音轻而细，从幽暗天光一直到天明还持续着呢。那种亲密亲情飘浮在空气里，游走满溢，各自心里都素暖安定，像她们绣的花儿。我贪睡，在她们声息里将醒未醒，享受格外饱满的世俗生活，至今想起还依恋呢。

离家多年后，每每我回故里，早上还未醒，祖母便起身靠床檐，絮絮叨叨地复述家事的来龙去脉、来因去果。没有修饰和虚浮，有的只是往事沉淀后的喋喋不休。细碎得像散落绣锦上的花瓣，为我提供一种感情依恋的凭证。

时光容易把人抛。祖母故去，老屋再无明亮的灯火。然而，那些擎灯三更，灯花满芯的绣花日子，却清晰如昨。祖母刺绣的景象，故里的亲情，是留在我记忆里的琥珀，包裹着乡村变迁以及她孱弱身姿里的平和俗常，带我回到本真，体验少年的纯净。祖母用祖传技能刺绣，传递严密的规矩和仪式。

一个朗朗晴日，我踏进袁家祠堂，寻觅祖母家族手绣，以及它所包含的人文、精神与信念，还有注重细节、追求完美所体现的文化品质。是啊，收集祖母家族的绣品，犹如聆听时光背后的清音。

两位姨婆婆年近九旬，端坐如佛，手中的针线迟缓而从容。还没走近，就已感到丝丝暖意。细读绣品，与祖母的技法既如出一辙，又各有千秋。不由得感叹上帝赋予她们三姐妹特别的禀赋。从手指的开合间，我读懂她们与祖母契合的场景：那对虎头枕、那双猫头靴，以形传神，神形兼备。同样有着"虎鼓瑟兮鸾回车，仙之人兮列如麻"的人世恩爱。加之端凝的线条，将审美细节之间的过渡调整得恰到好处。可谓"婆娑体仪，羽秀而详"。这种致微的家族技法，既保藏祖母的真迹，又轻显细微的新意。

绣品上开着的细微花儿，像阳光下散落的胭脂扣，又像层叠之间不经意的凝神与怀春。那些嫩绿的叶儿，窸窸窣窣，嬉笑着伸开手掌，捧了露珠，不小心就洒一地。近景和远景，如数家珍，娓娓道来。它们承载袁氏绣品的精魂，有悲悯关爱、面对花草万物而忘神揣摩的痴绝，也有来自生活的、简约的、直悟的智慧。它们蕴藏素朴的美学哲思，以及尚意、尚形间的转变；还有天地间无声的默契、物我同一的妙趣。

"清香自信高群品，故与江梅信并时。"

隔着岁月，祖母绣品的布质彩线、矩度恰合，都缠着旧时光。绣面遒劲中隐含如玉温润，如梅兰芳老境里的妩媚，竟有不着力处的力量，风骨之美尽显。而姨婆婆的绣针附着新图景，绣面脱离传统模式的拘囿，进入更新的广阔空间，如昆曲旦角儿翠笛亮嗓，轻扬媚态。相比之下，我更惜花满旧枝的洒然。所以将绣品一件件铺散开来，浓浓淡淡，洇开或凝结，掩不住的柔雅。她们三姐妹的"妙手丹青浑自然"，是过去与今天的繁华盛世，是老戏里的一抹青色，镶金嵌银，点缀袁氏家族女红的舞台。

回眸之处，天上人间。细数袁氏姐妹的金粉烫花，仿佛聆听巴赫的小提琴曲《恰空》。她们长长的绣品，呈现如此舒缓旋律般的高光，有着她们人格一样的淡泊。

　　彩霞挂天边，又见燕归去。我带着绣品离开故乡。完成心愿的畅然，助我脚步轻盈。"谁知洛阳杨风子，下笔便到乌丝阑"的轻傲，度我长长的旅程。行李箱里的绣花，从此被时光恩宠，没有凋谢的酸楚，透着季节的散淡，意味深长、历久弥芳。

水晶心

少年时期，水晶饰品于我是可望而不可即的稀罕宝物。同桌的女生来自城里，穿着讲究，性格和顺，眉间满溢书香气。尤其是颈项佩戴的圆形吊坠，特别引人好奇。我当时还不知道那枚贴身宝贝被称为水晶平安扣。只记得它红白相间，红色的丝丝花纹漂浮，清透水润，带着一股灵气，仿佛要从她胸前跳跃下来，惹得同学们怜惜不已。

教室窗外斜倚的梓树花，如水兑的曙红，粉粉的透着清凉。我捡拾落满窗台的线形蒴果，串起一根项链，悄悄放进书包。放学到家，我迫不及待地从书包里拿出梓花环，美美地戴上，并对着镜子顾影自照，蒴果变成了水晶扣，脸上写满粉色的梦。不觉默念起老师教我背诵的"维桑与梓，必恭敬止"，这来自《诗经》的深意，待我离开家乡多年后才明悟，并慢慢转化为对母校的敬畏和留恋。原来梓树的蒴果里包藏着一颗乡愁的水晶心啊。

同桌女生的水晶饰品，像浮动于少男少女脸上粲然的香红，掩映着，也模糊地炫耀着。然而真正倾情绽放的，却是天赐的童真。一日午间，同学们做一种名为"牵羊"的游戏：十个人一组，若其中一位在规则内相互追赶、角逐中没有被"擒获"即为胜出，那串水晶项链就作为奖牌挂在他的脖子上。这别出心裁的游戏规则，两小无猜的童趣，显现独有的温度，温暖那些快乐的日子，并化为藏匿幼小肌理的记忆琥珀，散发着只有少年才能看到的光芒。后来同桌的女生转学离开，她那串水晶项链却留在我们班级，时而被恭敬地镶嵌在黑板报的配图中，时而被高挂在墙报的红花绿叶间，时而又缠绕在"学习竞赛""少年先锋队"等评比获得的大红花上。晶莹中的丝丝缕缕，娇艳美好，把年少时的岁月都染红了。剔透里的水波，欲语还休。既热烈奔放，又和谐融洽。它所携带的能量让我班乃至整个年级相互的连接变得非常通透。小小饰品，因而成为传奇，不仅点缀那个懵懂的年纪，也照亮少年颗颗水晶般透明的心。

然后，所有的爱恋和疼惜都因此而生。

我家临湖泊，溪水潺潺不知流淌多少年。踩踏在细软温热的沙滩上，被冲刷过的各色小石头就在脚下——蓝紫、乳白、淡黄。我把它们一颗颗捧入手心，端详抚摸，它们亲切可人，似曾相识，宛若那枚钟情的水晶扣。南宋诗人徐照曾诗云："初与君相知，便欲肺肠倾。"说的就是小石头与我的机缘吧。它安静的姿态，朴实的秉性，隐藏的气场，温润的气息让我倾心和沉溺。

初夏，窗前的梓树叶垂枝头，寂静落寞。我端坐温课，思绪却随桌面摆放的一枚小石子流动。它呈乳白色，有脂的质感、缎的光泽，表面细纹勾勒出神秘的图案。像风景画，像篆体字，又像祖母讲述的神话故事里的美猴王，可谓良辰好景不虚设。只可惜它不是水晶，不能像扮靓我生活侧面、伴我走过平安日子的牙印长命锁、斑点麻雀卵一样佩戴胸前，更不能像平安扣一样为班级共享。

外祖母的针线活做得极好。她把一小块宝蓝色的布铺平、裁剪、缝制成精巧的小香包，在檐口两侧穿上细长的红绳子，然后于小香包的表面绣上小花。细腻的针脚，泛着一种快要溢出来的凡俗喜气，再把乳白色石子装入小香包，给我佩戴在胸前，似乎比袒露在外的吊坠更显独特之美。

从此，我感应石子的气脉呼吸，珍惜与它相属相连的日子。它虽然藏匿于棉布里层，竟有等同水晶的莹彩和盎然诗意，暖暖的。它与我灵魂依傍，又近在咫尺，伸手可及。宛如追光灯下的焦点，周围景物皆隐退成晦暝的布景，唯有它在暗中熠熠生辉，成为可视的存在。我幻想外祖母讲述的神话故事中，那个补天石头群里的主角就是我拥有的乳白色石子。它是三万六千五百零一块中多出的那一块。它又是《山海经》里神仙帝台的石子，避邪驱毒，天长日久。我相信，终有一天它一定能够变为水晶宝石……

时光静谧，奇石无言。

多年过去，往事淡远。绣花香包早已成为暖暖的珍藏。唯有外祖母的话常回响在耳边。她说，石子没有水晶通透，却含蓄内敛，质朴深沉，无论世事如何变迁，从不改变本性。你如此痴恋石头，就好好做你自己，从意志的凝聚中去认知它吧。你有水晶般的透明之心固然好，但石头的韧劲不可不学。你可知胸前的小石子为什么会有如此深奥的自然奇观？是因为小石子懂得磨炼自己。别看它始终在里层，其实它也始终在高处。长大后，我明白外祖母道明石头的品格节操，是让我体味、咀嚼、反刍人生，用生命的眼光看饰物。今天品读这段文字，依然还能感受她声腔里饱含的朴素的力量，还能碰触她慈祥的目光和手心的温凉。只是再也回不去配饰结绳的日子。

又是一年春好处。

"水晶之都，福如东海"——"世界水晶之都"东海国际水晶节主题语。当我从媒体上看到这则信息，生命中曾经至虔至诚、难以割舍的恋石情结，融合我年少的梦想一起复活，并把多年的向往和美好希望寄托于江苏东海。

踏上东海的土地，就进入水晶的海洋。流连于水晶博物馆、水晶城、水晶文化创意园，被各种水晶饰品深深吸引。水晶棱面的五彩之光，把我带入一个纯净奇幻的世界。这里的每件展品都有秘笈典故，寓意美好；这里的每件作品都精雕细琢，妙趣天成。在众多饰品中，一枚水晶吊坠吸引了我：椭圆晶体释放淡淡紫色，一只灵动的小猴子攀附一根古藤，背景为岩石山林，玲珑剔透，光影流动。我忍不住惊叹，这不就是冥冥之中的宝物吗？在橙色灯柱里，大小各异的水晶平安扣静静守候，待我走近，便若久别重逢的深情，被我怜惜地摄入镜头。这一束束难逢的红啊，不就是年少初相见时的第一份备忘吗？原来"物"也是如此自矜自重，宛如庄子笔下的好鸟择枝而栖，神话故事里的宝剑深契石中，等待懂它的人珍藏。它们有物的清贵，不会亵慢自己。

世上每个人，或许都怀揣着一颗水晶之心。唯有天人合一，凝聚璀璨冷清，才能成为人心的晶莹。东海之行，这样的弥足珍贵。短短几天，却凝结我太多的际遇和确幸。它赋予我灵感，由是落笔"水晶心"。它让我于此结缘，会同清雅纯粹，感受深意浓情；它让我相遇诗意水晶，并与水晶般通透的少年时代重逢。

我相信，那枚挂在教室、并照亮每个同学心灵的水晶平安扣，一定来自遥远的东海。

荷影·蒲心

故里的荷，家族庞大。无论田间、池塘、湖荡，都能见到它的身影。每逢农历六月，遍地荷花千娇百媚，诗意充盈。卷卷水意森森丹青，濡湿了整个村庄。若是哪家迎娶或嫁女，花轿必定走过荷塘栈道。扮着"和合二僧"的人儿仙气浩荡，满身的缎纹线条闪着光，雍容地贴过荷面。倒影湖中，荷中荷，画中画，一派祥和。

夏日和缓，我沉湎大地最美段落而怡然自得。穿过纵横阡陌，荷田碧叶亭亭，端然有致，像穿着簇新的多姿少年。那些被青柄托起的花朵，瓣瓣相连，惺惺相惜，轻轻摇动，梦一般地牵引我驻足亲吻，抑或采撷硕大的荷叶当遮阳伞。家与学校之间的这片荷田，带给我无数欢乐。深秋寒田水枯，农人来挖藕。小孩们围拢埂边，热闹得像过节一样。那些粉嫩的藕节，香脆甘美，俨然是秋日最美的食物。我立誓，开春一定种荷花。

低檐人家远古的色调，与庭院池塘驻影的荷花相搭配，有"荷叶罗裙一色裁，芙蓉向脸两边开"的意味。其时荷叶已在雨打芭蕉的声响中沉醉，我驻足房屋回廊，绵绵细雨滴落瓦楞，顺着檐淌下，空气里溢满荷香和泥土的芬芳。远眺后湖蒲州，三面为水所绕，像长满绿锈的铜镜。湖中碧叶铺展，一望无际；湖坻丰茂的蒲草，一丛一丛，密密实实，千年不息。它们的存在，印证了《诗经》中荷与蒲的深远意境。所谓"手执荷花招百福，门悬蒲剑斩千邪"无不隐含世俗的田园梦想，同时"荷""蒲"的烟水气，像水边的隐者，字面隐逸着细雨荷花的凉意。"山有扶苏，隰有荷华""其蔌维何，维笋及蒲"，蕴藏古人对荷、蒲多少悠长的情感啊。

塘边水田春早，祖母栽种蒲笋草芽，我于田埂空白处偷偷埋下几根藕节。每天放学归来，书包来不及放就忙不迭地去观望。芒种过后，雨水丰沛起来，栀子花开了，枇杷熟了。水田的一隅居然飘浮荷叶，还有一枝红莲挺立其间呢。我高兴得把所知道的咏莲诗都读出来："清荷盖绿水，芙蓉披红鲜""一茎孤引绿，双影共分红"……长久地恍惚，不知所云，连夏日蒸腾般的热浪，屋舍散发的清凉，还有蒲笋水色饱满的叶摆动的美妙也不曾将我唤醒。我幻想着这些藕根于水田大面积蔓延，明年这里就是莲池：满眼的碧绿，满眼的流红……

《浮生六记》有云："瓜蔬一经芸手，便有意外味。""夏月荷花初开时，晚含而晓放，芸用小纱囊撮茶叶少许置花心，明早取出，烹天泉水泡之，香韵尤绝。"可见荷花之妙趣。从芸娘身上，我却看到祖母的贤良。每年荷月，祖母手工剥离草芽，蒲菜露出白玉般嫩茎，用来炖肉汤，或煎烩肉圆，为夏季不可多得的鲜香美味。除此，祖母还将莲子、菱角去壳洗净，配上青、红辣椒一起炒，红绿白相间，通体清香，随风飘出几里外。清晨，祖母早起采摘新鲜荷叶，将大米、芡实、薏米淘洗放入陶锅内，然后将荷叶覆盖在锅上，慢火熬煮。渐渐地荷叶的颜色变深，汁液浸入锅内，荷叶粥即成。再端小菜四品：腐乳、酱瓜、笋丝、虾籽茭白，一股淡淡的荷香顺着瓦缝游弋。而最具特色又变化莫测的当属藕心菜。它附着藕的边缘生成，没有分节；它安于水底，混合河流的芬芳、水中的清气，重重吸纳时节的鲜香，温润如玉，清脆甘甜。由此想到，一颗莲子入泥，从发芽、叶儿长出、花儿绽开，到果实长成，历经多少生命的轮回啊。而荷花乃花中君子则具有大义，"莲子里藏着的莲子芯，种子里藏着新的生命"，又富含一种颇具哲学性的思考。李商隐云："世间花叶不相伦，化入金盆叶作尘。唯有绿荷红菡萏，卷舒开合任天真。"不仅咏赞世间唯有荷叶、荷花相得益彰，更称颂荷叶卷舒，衬托荷花开合的美好。

祖母种蒲、我种荷，乃氤氲秀水中的绝配。之于蒲，之于荷，甚或田底污泥，都似乎能望见无数芳华。它们和谐共生，相安年年。蒲笋春天安静地抽出草芽，荷叶夏日高擎柄伞，呵护花开、结籽、莲藕长成。它们根须饱吸野望之气，生发出蓬勃的自然之力。轻轻掰开莲子，圆润的米、青绿的芯，带着新香和微苦。而微苦中的回甜，教我体味生活的意义。到了秋日，新香无从挽留，隔年旧味又那么使人依恋。我沉浸于成熟生命里深情回望，品味收获的过程，充满对岁月的感激。月亮升起来，乡村秋夜已转换为细碎的蛩吟。窗外蓊蓊风过，露出淡淡薄凉，密密流动如织，此间种种恰如一首乐曲的交替终结。如果蒲草、荷也会弹奏，它们的琴声想必也和着天然的草香，带着委婉的凄美吧。

初冬，满池残荷寂静安然、肃穆无声，变成一种看尽繁华之后的领悟。此时的荷，趋向于生命成熟的哲思。那些干枯的莲蓬、折断的茎秆，还有浮水的卷叶……像宋画里的"格物"；也像祖母老去的风骨。院落一角堆垒的蒲草，染了萧萧的寒意，如脱尽年华的智者，那般明彻自享。

年少的记忆缥缈，没有如今这般立体和真切。我沉浸午后的冬日阳光，默默回想荷与蒲的往事，既虚又实，亦幻亦真。如隔世般遥远，又如昨日般亲切。它汇集年少时的生命印记，并将深爱的荷与蒲，永恒地拉近于眼前。

年的断想

初识年，是在课文中。甲骨文字的"年"——刻着人负禾之形，意指农人背着谷物回家。老师教我：谷禾一岁一熟，"年"与"谷"周期相同，故曰："五谷皆熟唯有年。"

岁月如水般流去，象形"年"字还印在脑子里，而"年"却与时俱进，推陈出新，演变成大红的"年"，富庶而丰盈。神话里的"年"，早已被门楣的红光，院庭"噼噼啪啪"的鞭炮声吓得躲回深山。

世间万物皆有归属，就像春蛰伏于冬的深处，终将迈过季节的门槛，随风而来，迎花开花落。告别旧年，不必说再见，不必说挽留。所有的收获与失去、欢笑与泪水，都在此刻释然。

踏上故乡的土地，融融暖意扑面而来。乡音亲切，方言的霸气中藏有天长地久的热烈。满街的喜庆，铺天盖地的红，寓意着幸福和美好。穿过小巷，俯拾皆是旧时的痕迹：摆着斑花麻雀卵、牙印长命锁的货摊；叠印各种花纹和图案的布店；装有糖果、文具、小人书的柜台……

走进老屋，"爱子心无尽，归家喜及辰"。然而，那把我捧在手心的祖父祖母不在了，那笑眯眯倚门迎望、为我做出满桌佳肴的父母也不在了。阳光挤进半开的门窗，低低的风声，就像他们轻轻的絮语，温暖地摩挲；或如亲切的指令，都在无言间传予了我。姊妹都以为他们去了天堂，唯独我知道他们还在人间。

时光容易把人抛。

儿时，我放鞭炮，迎财神。"小辫朝天红线扎，分明一只小荸荠"，蹦蹦跳跳迎新年。

厅堂书桌上的台砚墨香悠悠，母亲跷着二郎腿，嘴上叼着香烟，正给前来我家求"墨宝"的朋友、邻居书写春联，那派头至今想起仍忍俊不禁。"一等人忠诚孝子，两件事读书耕田""岁岁风调雨顺，年年五谷丰登"等摆放一地。侧屋门额挂着绣锦——祖母手绣的牡丹。大红底子粉色花，簇簇开在浅绿叶间。淡淡的纹路暗处若现，明处若隐，掩不住的富贵。绣锦与灶膛的火光相辉映，把厨房案板上排列的蒸菜照亮。那组白瓷兰花碗中的食物最惹人馋：碗底挤密地摆放着红皮扣肉，肉上覆盖层层淡黄色的米粉。待蒸熟上桌，碗扣盘中，揭开就是金风玉露。肉质散溢的油彩，像打磨过的农家日月，润泽、明亮。

萧萧雪影，交织腊月最后时光。祖父将放置墙角的爬犁、锄头、风斗等贴上福字。院埂上凌霄的梅独自绽放。祖母悠悠穿行树下，剪一束梅枝，恭敬地插入瓷瓶，供奉在家堂菩萨像前。再秉一对分岁烛，燃一炷檀香，双手合十，默默念叨："天高日月悬，地厚生黄金。"如《旧约》里的老先知，颔首微笑，满是虔诚。

满屋灯盏亮起来，寄意地久天长。母亲拿出装有压岁钱的红包给我："好好存着吧。"我开心地数着一张张崭新的毛票，心中的甜蜜和满足不言而喻。祖母拿出她缝制的新衣服、新鞋子给我穿上，并摸着我的头说："过年了，你又长大一岁。"

我的往事就这样永远寄存于老屋。祖父祖母、父母走向岁月深处，身影渐渐模糊，唯有往事不曾远离，心可有忆。有关"年"的怀想，以及对其最深长的依恋和其乐融融的画面，只能在梦中再现。

乡村的年，永远值得追逐。

时日渐明，春天的色彩渐浓，阵阵清风已将四野的草木与稼禾轻轻唤醒，并染上绿的颜色。含苞的浅绿，恰是心间绿色旋律的物化。我为大地记述乡村的荣枯、风霜、雨雪，还有起伏的编年史而深深感动。它像一位长者，以一种无形的力量，一次次牵引我归来，完成心灵的朝圣。

"一怀绮梦君知否，心底花红又一年。"

第二辑
静把岁月织繁华

窗前的桃悬垂枝头，寂静落寞，似乎向我诉说着生的沉重。这份沉重就像纺车的锭子，锋利的钎头和柔软的棱角闪着寒光；这份沉重又像织机的一对线锤，高高地悬在头顶。隔着织机褐色的木纹，纺车转动的车页，我隐约懂得衣食的艰难，贫贱不移的笃信。小脚外婆遵循天时与人命，默怀寻常人家皆有的执念，相信农家的旺气就在天地日月之间。我惊奇她以织布的负载抻长了白天，用不息纺线抻长了夜晚。她说，织机如农家的天，纺车如农家的地，天罩着地，地撑着天，就有好光景。

梅花，另一种乡愁

记得儿时，我唱着"雪霁天晴朗，梅花处处香"，深一脚浅一脚地疯跑在雪落的"三九"，摘一朵盛开的梅，捧一团蓬松的雪，真的就有李渔"雪点寒梅横小院"的意境，但小小的我哪知踏雪寻梅的情致啊。

初识梅，是在画上。

每年除夕，老屋厅堂正墙早早换上匾额和字画。这古旧的字画与门楣新贴的春联相映，透着玄幻的前世色彩。然而这匾额和字画每年只能"显身"半月，待到正月十五过后，外公就取下卷好包藏，来年春节再挂，循环往复。我那时小，踮脚凝望画上的朵朵小花，思忖那花儿笑盈盈地盛开在枯老的枝干上，怎么总也不凋落呢？长大后才知这画是有名的《九九消寒图》。图中有诗云："试数窗间九九图，余寒消尽暖回初；梅花点遍无余白，看到今朝是杏株。"哦，原来是描述民俗中的"画九"吧？说旧时的闺中女画素梅一枝，枝上共有白梅八十一朵，代表"数九"的八十一天。从冬至起，每天用红笔将一朵白梅描红，待到白梅红遍，就出了"九"，九尽春来。真是奇了，那时的女孩儿虽然身置寒冬，却日日与洋溢春意的花儿相视，看似寻常的细微，已是有意义的品赏，应为梅花最有美感的记载了。我想，老屋那宽条幅画中风霜已过，描红者和写诗人是否早已化身为香如故的一朵寒梅呢？

我的童年，无论是画里静止的梅，还是院埂上凌寒的梅，都开在心里。外婆针线活做得极好，她在我的浅色衬衣前胸处，绣一簇粉的梅。梅带着一团团的喜气，仿佛要从衣裳上跳跃下来，惹得小伙伴用小手摩挲，痴痴地羡慕，怜惜不已。我的书包搭盖上的梅花图案，是外婆剪纸后缝绣的。细毛线的针脚细密如初雪。浅黄色的帆布衬着那抹粉红，明艳得像要融进春光里。每当我背着它奔跑，那些花瓣就像在肩头簇簇颤动，将年少的时光都浸透了颜色。似乎每个日子都过得像班上同学名字中嵌有的"梅"字一样，含苞的美梅呀。清清浅浅的心，盛满了生命

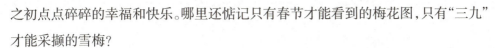

之初点点碎碎的幸福和快乐。哪里还惦记只有春节才能看到的梅花图,只有"三九"才能采撷的雪梅?

夜晚,一灯如豆,外婆纺线织布。雪白的棉线从她手中均匀地抽出,细细袅袅;棉线穿梭在她织线的经纬里,像是把早春的希望也织进光洁的线条里。我每天聆听织布纺线声入梦,吱吱哑哑,声声寒霜意,丝丝梅花香。外婆在粗布成衣上绣出好看的梅花,保存她对一棵棉的感恩。她说,有梅在侧的老屋,有纺车轻摇的夜,便有端然的厚度,守得轮回始终。从我童稚起,外婆的纺机一直织成我离乡的明月光。

待我学会识文断字,再看那书里的梅,分明是染着乡愁的。明末张岱在西湖大雪三日、鸟声俱绝之时,独往湖心亭观雪,并青梅煮酒,酒意诗情,写下如水墨画般的西湖冬景,那份岑寂中的干净百媚不就是他故国的梅花吗?《红楼梦》第五十回,贾宝玉:"不求大士瓶中露,为乞嫦娥槛外梅"中的踏雪寻梅,则是禅心与梅心的天然合一,有藏在梅里无人知晓的春愁。除此还有北宋林和靖、民国才女石评梅等,他们倚窗凝思,看梅著花忆故乡的惆怅总是如此打动我的心。读着读着直到怅然若失,他们带给我的那种感觉,就像古琴曲《梅花三弄》的第四拍,是那么值得挽留。

待我离开故乡定居南京,这一年一度的梅花之约,俨然成为既定的仪式,怀旧而亲切。悠悠穿行梅林,细碎的花瓣寥寥地落在脸上,抬头细看,朵朵含苞的梅尖上也噙着盈盈的雨露,默默泪珠样的就是不落下,纯净透明得像回不去的少年时光,含了粉色香的乡愁。触梅思旧,故乡《九九消寒图》中描红的梅,细腻也好,精致也罢,却是锁在老屋里的山水,只可想象不能触摸。儿时衣裳、书包上的簇簇梅花,楚楚盛开在岁月深处也好,鲜活灵动也罢,它却只是一幅疏朗的水墨,墨色晕开染成墨梅,才能风神绰约,梅魂隐现。此时斜斜的一枝梅红,仿佛从纺机的吱吱哑哑里漾出,细针密线地把我织进童年的月夜。

当我走过南京梅花山长长的神道和蜿蜒的陵前路,那尽头便连着儿时的春天。"人归落雁后,思发在花前。"梅花花开烂漫,又有多少随一夕风雨,洒落石阶。"落红不是无情物,化作春泥更护花"不正是眼前这般情景?

梅花于我,是相遇故知,寻一丝慰藉,细水长流。

梅花于我,是另一种乡愁。

最是多情故乡雨

　　春雨淅沥，连日不停。

　　我行走在故乡的小镇——问安，满眼都是水洗过的清净。屋檐、树木、花草都噙着水珠，轻风拂过，悠悠地淌着泪。老街曾经油亮光滑的青石小道、纵横的巷子、斑驳墙皮夹出的条条青苔，以及通往学校、乡村的土路，都在平安的日子里悄然隐去。周边现代化建筑崛起，缩小了小镇的蜕变。

　　沿着新建街向前，流动的绿色越过车窗，蜿蜒到田野。池塘、小溪分布散开，清水绿影，明澈虚静，驻足便能感到水的清凉。漫步阡陌，便能闻到油菜花的清香。古人"天街小雨润如酥，草色遥看近却无，最是一年春好处，绝胜烟柳满皇都"的诗句，怎能与眼前的景致相比呢？当我习惯了北国的寒冷、都市的喧嚣，今日沉浸在这安静淡泊，既有旧时韵味，又有清新活力的楚国之春里，心底便生出百般感慨，原来只有这里才能触摸到久远岁月里的温馨。

　　曾经有人把古镇比作这个时代仅存的一节慢镜头胶片。然而"问安"这个写尽义气的名字，却独具风情、美丽千年。从新石器时代，到楚国贵族故园，再到三国关云长"青龙偃月刀，千里走单骑"，这里早已是最迷人的乡镇，最感人的忠义两全之地。她用一个别号与古老的辉煌对接，使问安有了历史的纵深感，也有了被时尚和强化的古韵。她像家乡的楠管渔鼓，低吟慢唱，让生活在异乡的我回望、沉潜。她的旋律带给我的神秘意境，恰好显影般地浮现出古老和安宁。

　　春日迟迟雨霏霏。年少的我踏过门前泥泞的土路朝学校走去。关庙山的油菜花、青青麦苗、淡紫色的紫云英，如一道屏风宠溺地将问安中学拥入怀中。甜甜的女生穿行花间，细碎花瓣撒落身上，笑容拂过脸庞，陶然拍下的帧帧黑白照片，却无法显影青春衬托的一片灿黄。然而，清清切切间所泛起的流光酝酿出的诗意秘语和美感，把朴素简单的学生生活映照得透亮。那时，我们全然不知这片如此柔软而坚韧、融进农人希望的土地之下，交融着天地凛冽之气，深埋着古物、遗存、古典诗意，以及更深层的价值意涵……

夏日永昼，暑假来临。我不再像儿时躺在外婆家树荫下听蝉的鸣唱，冗长午睡。田野纵横的阡陌，刻下我年少的脚印。水田旱地里，留下我小小身板弯成的优美弧线。翻涌的稻浪点缀八月的晴空，舞出一幅绝美的油画。我哪里知道，古朴气息就在稻香和田野季风的冲兑下回旋，楚国贵族王陵就安卧在这青山绿水间呢？

季节带走菜花，岁月敛去金黄。转眼我离开故乡四十年。感谢今年春天因了绵绵阴雨而延宕，感谢一年一度的花事隐喻新意和真情绽放，给游子预留足够空间赶赴、解语、释放。

我凝视"关庙山遗址"，肃穆中透着深不可测的远古气息。这里已颓圮的房址、烧制的壁墙，以及已馆藏的石斧等磨制石器、精美的陶盆、蛋壳胎彩陶等，映现 6000 年前的天地景象，昭示先民的生命指归和精神向度。历史长流不息，总会在寂静翻检时，隐喻生命的消逝。眼前古意新象，四面油菜青绿的花蕊挤挤密密，含苞待放，像年少时流连这片花田的女孩们袄襟上的盘扣，羞涩而矜持，锁着春色。那些思绪的翼翅早已掠过雾岚，幸福融入久远的灿黄。俯身回望这片包容王朝的梦想、接纳横亘岁月创造的土地，竟是如此厚重。她像一条溜索，连接起大溪与现代的两岸，让我感受莽荒神秘、脉搏心跳，也让我从历史发展甄别中获得精神最好的滋养。

乡野花香馥郁，把变律的雨调和得格外温柔。我默然伫立青山古墓间，不禁想起"荆王梦罢已春归，陌上花随暮雨飞"的诗句。四周茂密新绿，覆盖了岁月的痕迹。然而，楚国故园的长乐未央，那个叫芈月的女子飘逸的身影，都已随时光流逝消弭。只有那些曾经陪伴我劳作的摇曳的青苗，饱满的穗子，拂去岁月的雨露，仍然恣放古典的春意。只有那些聚千年光阴，透寒远之意的简帛、玉器、丝绸、徐太子鼎、金釭等，宛若一部部史书，承载楚国的文化，凝结楚国的荣光，悠悠地向后人诉说着楚地楚人筚路蓝缕、披荆斩棘的故事。如此，我也领悟到这片保佑楚国贵族灵魂千年安睡的厚土所蕴含的清空和圆融。

穿过麦田，前面就是同心花海。这里改造簇新，适应时风，灿烂无比。风车悠悠转动，雨滴濡湿衣袖，不免令我惆怅。古今两极已随时日推移愈来愈远，我离开故乡的日子已越来越近，心与心的默契也已成为下一次的期盼。我拿起相机，为故乡按下快门，将她定格于古镇、花海、绿水、青山。

静把岁月织繁华

我出生时，侧屋临窗的桃花粉粉的，柔柔的，简静安好。外婆说，这孩儿应景而来，必是富贵命，定会带来农家的旺气。然而，当时何处有富贵？贫薄之家，所宜用之。外婆取一件她自己裁剪的、穿旧洗净的蓝色粗布衣衫做成小包被，轻轻拥我入怀，喜滋滋地看着我睁开眼睛观察这个世界。

60年代初的乡下，三年困难时期后期，日子十分艰难。庄户人家除稀有粮油和布票供应，温饱基本靠自给。我家正屋的纺车和织布机，那时正年轻，相看两不厌，就像一对琴瑟和鸣的夫妻，日夜弹奏出动听的乡间民谣。外婆用最原始、最朴素的机械，解读生活，纺织出的布匹，给予我生命之初最好的滋养。我穿着粗布缝制的衣裙、鞋子；戴着粗布制作的围巾、帽子；用着粗布剪裁的床单、被套，将四季的寒意与暖意，都锁在了布纹里。我享受着外婆用纺车织机摇织出的繁华岁月，安然度过无忧的童年。

早春，我拉着小伙伴的手朝小镇走去。老街青石板路油亮光滑，那些吆喝于小巷担着斑花麻雀卵、牙印长命锁的小商品货郎，已在朴素平安的日子里渐渐隐去。街头茶炉冒出白雾飘向空中，像一串串写意的问号，点缀着小镇的清晨。绕过旧戏台，我们径直走向铺面林立的闹市，悠悠穿行糖果、文具柜台，流连徘徊小人书摊、年画铺子，最后我不由自主地停在布店门前，任凭玩伴拉拽也不肯挪步。我仰头望着高挂的印着大朵牡丹的红被面，凝视叠放齐整的各种颜色的花布，怎么也不敢相信自己的眼睛。这是第一次见到"西洋镜"呢。我踮起脚用小手摩挲紫色的碎点花布，细腻光滑的触感让人爱不忍释，望一眼都觉得奢侈，再偷偷蹭蹭自己身上的粗布衣服，粗糙而寒酸。禁不住暗想，我什么时候能穿上这细布做成的花衣裳呢？那个早春，我在老街徘徊许久，仿佛在寻找什么，如今回想，或许是在寻觅衣履之魂吧。

我透过那些细腻花布，引发对外婆纺纱织布细节的观察，并用心去体味她忙碌背后的艰辛。那一日，屋檐下的紫燕呢喃，我哼唱着"小燕子，穿花衣"的小调，跟随外婆手提装满纱线的拎桶到荷塘边浣纱。阳光斜照水面，风吹花影动，青荷叶上的莲远远地炫耀出一片模糊的香红。塘边老皂荚树粗壮的树桩歪着脖子延伸池中，成为稳妥的小码头。外婆站立之上，微微屈腰，双手挽起一绺绺纱线，随水波来回轻轻翻动。清清的涟漪，汩汩的波声，慢慢地，细纱变得洁白光亮、柔软舒展。那一幕，至今让我心中留存一份感动。尤为珍贵的是外婆名字中的"莲"，配着她娇小的身材、深蓝的衣裙、尖尖的小脚，摆动起来宛如风动的莲花。举手投足近似速写的线条，大写意的运墨。小小的我总不忍直视，仿佛看一眼就改变了此际此水中的有情和有觉，那份疼痛和怜惜至今记得。长大后，我读到《浣纱女》"江上女儿全胜花"的词，读到乐府诗"纤纤作细步，精妙世无双"，才知定格在童年的浣纱图，大概就是这般情景吧。

小脚的外婆遵循天时与人命，默怀寻常人家皆有的执念，相信农家的旺气就在天地日月之间。我惊奇她以织布的负载抻长了白天，用不息的纺线抻长了夜晚。她说，织机如农家的天，纺车如农家的地，天罩着地，地撑着天，就有好光景。

阳光透过玻璃瓦洒向织布机，细细的绒毛游走于空气中，屋子里充满祥和。外婆端坐织机前，腰杆笔直，脚踩踏板开始一天的忙碌。随着踏板上下踩动，组合织机上的缯把经线上下分开，她双手麻利地交换推送机杼。梭子在两手之间来回飞舞，一根根纬线轻盈地抛出，与经线亲密交织。如此往复，厚厚的线轴开始变薄，布轴上的棉布开始增厚。整个过程，她体内的力量被调集，目光始终停留在眼前的方寸上，每一次双臂的伸出和收回，都沉稳有力，舒张有致，且保持匀速。她娴雅自守的气质以及织机"唧唧复唧唧"的律动，就像一位民俗大家，把《木兰辞》演绎得如此精彩。

年少如我，俨然成了她的小徒和帮手。我半蹲在织机旁，侍弄筐箩里不同颜色的桃木线梭，为外婆自创的新织法提前做准备。首先把倒好的小线穗放入梭子内，按不同颜色有序排列，然后根据设计好的格子图案，即时传递给外婆换线的梭子，一会儿黑颜色，一会儿白颜色，交叠循环，配合默契。我迷恋这种频率和幅度，动作起落微妙的变化，连同头上的线锤，脚下的踏板也忙而不乱。外婆用简单的方法构图布面的层次感，与原始单一的织法互补，织出横竖斜条纹的布匹，凸显粗布的美感、厚实与绵密。

天色渐暗，薄薄的月光浮现，左邻右舍相约般地闭门落闩，以最温柔的声响，宣告乡村白日劳作的结束。然而，外婆的劳作才刚刚开始。一灯如豆，她的剪影投在斑驳的墙上，映出"女"字造型，竟如此温柔。她盘腿坐在厚厚蒲团上，右手摇着纺车，左手捻着棉条，身体仰合有致，均匀地拉出长长的棉线，在空中划出一道优美的弧，然后迅即回缩，将棉线缠绕在一根锭子上。渐渐由小变大，满满的锭子形如麦穗，结实而丰硕。她每晚以纺四五个大线穗（约合四两 / 个）为基准，起身已是三更。均匀而细腻的棉线，既是织机经线的前身，又是纬线的今世，还是挂在老街铺面显眼处，外婆精湛纺技的展示，更是好价钱。它深知柴米油盐的金贵、小人书和纸笔的弥珍。当我看见那盒六彩蜡笔，哪里知晓世上还有比棉线更有色彩、更值得珍惜的宝物。

冬日阳光，在晨雾里散开。我倚墙而坐捧书阅读。此时窗前的桃树枝条低垂，知寒守暖，静候春来。外婆在树下为新一年的首开纺织，进行年终最后一道严密而庄重的程式：牵线、递筘。庭院里，40 米长的白色细纱闪着银光，两头的线穗有序拉动，似白鸽点头，发出嗖嗖的声响，宛如道道流泉，倾下如素锦。我看着仿佛呼吸也随着线穗的律动变得深沉，抑或随着线纱的挪移而动静相宜。长长的纱线在外婆手中规整地缠绕入织机的线轴上，然后非常精细地一根根递筘到杼缝里。整个过程和工序充满艰辛。当她挑完最后一根纱，轻轻抬起头，脸上绽放出一抹温暖而慈爱的微笑。

多年过去，现代化乡村生活，淡去昔年农家气息。粗布消失，传统手工艺术已终结。然而，正是日渐消遁的老纺机，让我无论身处何地，对它都怀有深深的迷恋。外婆日出而作、日落不息的织布纺线景象，凝固在我年少记忆里。从春夏到秋冬，从年轻到白头，纺织出农家的安稳和谐，也纺织出农家的旺气与繁华。

外婆"纤纤擢素手，札札弄机杼"的美好画面，映照出艰辛中的平静、生命中的充实和富有。

外婆去时，我在她脚后点亮一盏灯，愿她还在莲花路上行。直至今日，我仍珍藏着外婆缝制的衣服和被面以及格子粗布床单。虽然它们褪色破旧，却依然温暖。

老屋窗前的桃花依旧笑对春风。她拥有三月的绚丽，也拥有八月的果实，轻风吹来，有外婆纺织的身影飘过。看着她，触目成泪。我把片段回忆捻成文字，献给亲爱的外婆。

开往故乡的列车

春天，我乘动车回故里。

站在明丽的月台上，脑中掠过从前绿皮火车进站时刹车撞击铁轨激起的美妙回声，还有汽笛的深沉长鸣，顷刻间让我双眼盈满泪水。尽管车站那时拥挤、迟滞，却承载着一代人的诗意与远方。

直至今日，这条蜿蜒铁路上的每一个站点都让我频发思乡的热望，顿生远足的迫切。我仍然向往车行之时倚窗而望、思绪天马行空的畅然，以及两千公里长路带来的慢时代旅行生活。

年少当兵，注定我的人生在不停地出发和抵达中度过。记忆图像里关于火车的画面，始终停留在过去的时光里。如今，人静山长，父母清寂，已不属于这个世界。那些充满细节与温度的情景已不复存在，回家的欣喜与期许也随之消散，留下的，唯有旅途中那些温馨的记忆。

法国小说《追寻逝去的时光》，作者对火车与站台的细腻描写，处处引发我深切的共鸣，以及殷殷的桑梓之情。我服役的部队位于北方，休假探亲由北至南，一路欣然又恻然。火车每到一个站点，就看见当地姑娘、媳妇儿拎着篮子，挤向站台向车厢的旅客兜售当地农副产品。70年代末期的农耕文明和工业文明的碰撞，也从这个小小侧面反映出来。镶嵌在小村抑或城镇贫弱脊背上的铁轨，喘着粗气缓缓驶来的绿色长龙，给她们带来商机。那些与我年龄相仿的女孩子，热情淳朴，温柔美丽。我递给一个姑娘几张钞票，买她的麻花、八珍糕、玉米棒，她还没来得及从大红衣袋里拿出找零，列车已"咣当"向前移动，我向她摆摆手："不要了。"看着她跟着列车小跑，此时站台与她断开，身影定格，也由此记住了自己生命中那份纯净的瞬间。每每火车停靠站台，我就会静静反刍那份纯真的暖意，清晰的印象就像《追寻逝去的时光》的情节。

火车车厢内却是另一个奇妙世界。我邻座有眉头紧锁的男子、羞涩不语的姑

娘，有侃侃而谈的生意人，也有捧书细读的大学生，还有像我一样的军人，就像摄影文集《火车上的中国人》中的众生百态。他们都去哪里？有着怎样的人生经历？长长的列车究竟承载着怎样的憧憬？我不禁充满无尽遐想。

风景从列车两侧潺潺流过，绿城、樊城渐渐抛在后面，唯有圆月一路同行。窗外滚动的青芒，牵动夜的面纱。我坐立寸尺之间，难以入眠。周围熟睡的鼾声，让我记住了旅途的艰辛。唯有夜间行车，一个个站名隐约闪过，默默推动着抵达的希望。

我在满天朝霞的清晨到达宜昌站，故乡的风吹散满身的劳顿。拖着沉重的行李，阳光映照年轻的面庞，人影也被拉长。凝视屹立在山上的车站，它如同记忆中的宝石，划开任何一个切面，都闪着动人的光泽。悬挂站口的时钟，目送我离开，迎接我归来。

终于回来了。亲人朋友簇拥，喜极而泣。"爱子心无尽，归家喜及辰。"父亲捧起雨露茶放至我手心，母亲为我端出饭菜。他们注视着我，目光慈祥又怜悯。

那个早春，我享受着父母满满的爱：咸甜分明的清汤丸子；爆炒后小火收汁的土鸡；味厚鲜美的鲫鱼和蒜香河虾，还有湖北饮食中最具仪式感的鱼糕等等。这些美食在舌尖上缠绕绽放，唤醒味蕾，成为回到部队的一丝念想。是啊，我已很久不曾这样细致地用餐。炉子上的砂锅热气升腾，我想起部队大灶细长的大白菜、宽粉条、切得粗细不匀的土豆丝，一下子觉得自己如此奢侈。我是服役军营的兵啊。

回部队的前一天，母亲为我打点行装。我问："妈，带几条鱼糕行吗？"妈答："哪能不带呢，湖北特产。"沉甸甸的皮箱，密缝着母亲的心思，如同远行飞鸿的牵挂——她把家乡装给我，也装给部队的战友。

每一次离开，身后那双不舍的眼睛会随着我的身影一直到列车远去。母亲的叮嘱细碎，看似淡然平和，但情绪却缓缓酝酿，最终浓稠如暮霭，层层漫过山峦，连身后浩浩的长江都笼罩在一片蓝色的忧伤里。这样的场景，伴着长长的铁轨，延伸在我的记忆中，多少年啊。

世间迁流不息，无有恒常之物。

如今，沿江铁路开通，南京至宜昌只需六个小时。看看书，听听音乐，故乡即在眼前。一条直线，把重逢变得轻而易举，也把冗长线路上不断变化的风景缩减了。

绿皮火车已随时光远去。它与时空的联系恰如一节节车厢，一头连着过去，一头连着未来。昔日的慢车、山线，以及焦柳单线铁路，已转向纵贯线上的南北来回。滚滚疾转的车轮省去中转的劳顿，也让回家探亲的旅程变得快捷。望着窗外，像穿梭在时光隧道中，又像驶出世外。心底回旋家乡酒歌的悠长名句，浓浓的夷陵乡音，覆盖火车隆隆的回声。

十年无梦得还家，独立青峰野水涯。

动车从长江下游南京一路上行，将水运小孤山的俊俏山势、浔阳江头的瑟瑟荻花全部省略，径自沿金寨循序渐进，伴着黄鹤楼的玉笛声声，直达白帝彩云间。浩浩长江，日月之所出，星斗之所生。起伏的浪，曾摇撼多少港口和船只。长江客运的繁荣景象，终将落幕。南京至宜昌的铁路线绕行江苏、安徽、河南、湖北，穿越大半个中国，留下无数悲欢交织的融融画面，也已成为历史。

"揖手轻轻一握，四十载，回首苍茫。"父母故去，那些被宠爱以及对其最深长的依恋只能梦里再现。然而他们的手植，亲情却幽幽芳华。兄姊妥帖而周全地满足我"有家"的感觉，并用一把菜、一盘肉、一碟糕还原小时候的样子，恭候故人衷肠，咀嚼余味不尽的往事。邻家婆姨颤颤巍巍地拉着我的手，连声说："回家好，哪能不回家呢？"简单如斯，深厚如斯。老宅敛藏我的秘密，阳光挤进半开的门窗，父母轻声絮语，如微风拂过，仍在耳畔："一粥一饭，当思来之不易；半丝半缕，恒念物力维艰。"家园有树，人心有根。

四月的风吹过墓园，纤纤细草沾濡清明的泪珠。我俯身跪拜父母。四周潜藏的杜鹃花一边盛开一边凋谢，交替生死，寓意生命的流逝和往生的秘密。我轻声问父母：您可触觉大地春天萌动的喜悦？

再次来到宜昌站。万象更新中，我看到最珍贵、最朴素的"旧"。这些不会改变的"旧"，确定记忆里的恒常基准。孤独的1号站台，还是当年的样子。信号灯第次显示红绿，只是没有列车驶入。它像一位阅尽人生、褪尽生命年华的智者，显得那般明澈和自享。旧车站就像一个"文化符号"，用时间"缠"住并使之变成了时间。任何一个建筑，都有自身生命的延续；一个游子，有覆盖心头的哀伤，才会有喟叹吧。我伫立站前广场，俯瞰山下的国贸大厦、城市中心广场、通往山顶车站的层层台阶，不知它们是否还记得当年的我呢？

沿着东山大道前行，新的快速路引我进入一个熟悉又陌生的世界。只觉得背景隐隐，市声嚣嚣，却遮不住历史的回响，一切都在真幻之间。我轻轻地问自己：究竟何为乡愁？是对故乡原景消失的感怀，还是对它特有人文的不舍；是对旧火车站的执着守望，还是对那段充满悲欢的昔年岁月的深深期许？

感谢时光的恩惠，让我把家乡变成故乡，又将故乡剪成一段段，每一段都与爱同在。此时，我隐约听见火车的鸣笛声，听见母亲不舍的叮咛，听见送我当兵的锣鼓响起。还有大红缎带上写着的："当兵光荣"。

年年此时燕归来

"昨夜落雨，早晨雾岚白浓，红日如红橘浮起"是我回母校——问安中学时所遇的天象。那天从南京驱车而来，故里连绵数日的阴雨停了，天忽然就放晴了，连油菜花含蓄的香气也时隐时现，与明朗的心境相搭配，我真的就有了《诗经》里美目盼兮，巧笑倩兮的味道。

通往母校的路，绕小镇迤逦散开。好像还没有来得及说"再见"，我当兵离开已经四十年。四十年的日夕流连，曾用"勿我两忘"的禅心宽容与母校长久的分隔。今日走近，她像母亲一样倚门迎望，目光慈祥又怜悯。

操场的一角，站定了身后所凭依的绘画墙。我的视线飘忽在红的跑道、绿的草坪、时尚的雕塑、现代化的教学楼之间。当年的木板教室、宿舍，还有无数次演出的舞台都在时光中悄然隐匿。只有操场上那棵挂钟的栎树还安然矗立，和风拂面，老树新葩，一派阳春景象。

沿着记忆的路前行，就走进已凝固的年少时光——

春日和缓。"五一"演出，高（2）文体班女生换上春装，长长的发辫垂下，清丽之美啊。栎树与舞台毗邻而居，初夏稠密浅粉的细花散发清冽之香，淡淡又满满。我们忘情于这个繁茂枝叶掩映的土台子上，翩翩起舞，美好如斯。《唱支山歌给党听》《老房东查铺》……

上课铃声响过，目视阳光从桌面移动，而思绪却还在舞蹈。数学老师深情的面孔与耐心和蔼的背后，却有着不容懈怠的力量。至今仍记得三角函数带给我的无尽恐慌。数学课堂计算速度的函数，到底转过多少度年轻人生的象限呢？歌舞犹如作茧自缚，衍生方程式把我嵌入其中，终是没有得出解。

语文老师儒雅。他以课文主题变化，展示文字的力度，有一份阅读的欢喜。他教我"维桑与梓，必恭敬止"。当时还不曾理解来自《诗经》的深意。待离别多年后，它慢慢转为对母校的敬畏以及思乡怀亲。

英语老师年轻漂亮，气质清雅。她得体的穿戴、微卷的短发，引领那个时代的新时尚。她对英语课文的复述和阐释，以及节奏、语感、遣词等，至今仍福荫着我，并保有对英语学习的热情。

物理、化学老师是一对夫妻，老成持重，不苟言笑。他们条分缕析地讲解物理守恒定律以及化学元素周期律的融融画面，至今仍清晰地留在记忆里。

除此以外，睿智的政治老师、潇洒的文体老师、事无巨细的备课老师，他们课别不同，教学风格各异，却都将理性和感性融合、平衡，引发学生的联想与感悟，既有趣又深刻。

那个年代的我们，知识只属于青春时代的一个部分，而走出校门"亦工亦农"如同书页里的插图，一切都顺理成章。永远不会忘记老师忧郁的眼神、深深的叹息。这一切在那个岁月凝成刻痕，铭记着无边的师道之爱，让我体味学习的真谛。时势更让我明白坚持的深意，懂得珍惜拥有的一切。

居校的日子像季节的罗盘有规律地转动。栎树绿叶在不经意间退去，怜人的红意就荡漾在铃声之间。课间倚栏静听飒飒的风声，宛如万里来鸿，带给我们渴求的甘霖。

文体班女生长发飘飘，性情温和细腻，与她们相处融洽。她们总是戏谑我个子小，辫子长，是认真学习的女生。"学习委员"的称谓是对我最大的褒奖。然而我却对作文情有独钟。记得那时的作文簿封皮有凸凹的花纹图案，页面浅绿格子，美得不忍落笔。心中有念，语言自然雕字琢句，作文成了磨炼文笔的竞技之地。我常常为一份心旌摇荡的情意，在心湖掠起良久的涟漪。年少的胸腔那么窄、那么浅，怎能承载忧伤的衷肠？至今仍眷恋打开作文本看到老师批阅的一串串红波浪线，那种美丽的感觉如耳畔盈盈的笑声。

文体班男生有着那个年代少有的正直和思想深度，帅气而绅士。课余常绕场去观看篮球比赛。他们带球、运球脚步的韵律，汗水滴落时眼睫毛一闪一闪带着钻石般的光使我倾慕和迷恋，至今想起还风日洒然，浪漫依旧。那些浪漫的篮球场上的况味，是后来观看球赛时远远没有的。也许，青春与暮年的区别，就在于年少时分不清哪滴是眼泪，哪滴是汗水。它们的咸度与温度，就像烟花那么绚烂，又那么容易凋零。

　　暮秋远去，冬日来临。校园宁静安详，栎树疏朗，满目苍凉，变成一种看尽繁华之后的领悟。不禁欣然写下："居校有老树在侧，必有端然的厚度，藏得四时风情，能见光阴流连的，必是懂情的……"

　　记得那个夏天，我们依草地而坐，拍下毕业合影照片。一张张青春阳光的面孔，大都严肃地板着，小心地皱着眉头。然而，透过清澈的眼神、嘴角上扬的弧线，还是看到他们的自信和美好。

　　今日的母校有着喧嚣都市之外的寂静与俯仰皆是的幻境，也有着校园独有的精神秩序；她是一段莘莘学子写就的历史，也是被放逐的孩子寻找辨别这块土地的根性，并在异乡谈起时倍感温暖、到此听到方言心里没有隔膜的地方；她让现实与过去，情感与思索交集、叠映出"问安高中七五届毕业生"学习和生活的悠悠时光。

　　年年此时燕归来。

　　围墙外的油菜花层层叠叠，尽情绽放。每个学子绕过这片芳菲的花海，就抵达梦里的母校。我站在操场中轴线上，为纯真与经历，以及成全了如此自己的时代而举起手中的相机，就在按下快门的瞬间，还是清晰地听到同学们朗朗的笑声，过去的、现在的、将来的……

何用堂前更种花

暮色降临，我欣然赶赴师生欢聚之宴。与两位老师多年不见，重逢的瞬间，仿佛一切都回到从前。

酒店清幽安静，花木扶疏，和气融融。语文老师安静地坐着，他清癯简净，只是很简单地和我说几句，便转向几位从事教师职业的同学。倒是他的弟媳——我的同班同学，柔和的眼神消解我的几分拘谨。那时若知道后来这层关系，她还会"亲其师，信其道"吗？

数学老师古意，深潭一般。浅浅地笑，那么平静。他总是不大声言语，语速缓慢平和，却有风骨在语言内部支撑。他嗔怪道，也不常回来？我把散文集《年年此时》里描写两位老师的文字摘录并读出声来，他们满眼深情含容无尽。此时，窗外云影滑翔，桂香摇落。

中学时代，是心性最为纯正的时期。那些头枕书本、温暖自在，没有考试压力的日子，那些没有被分数和排名敲打的时光，却有着对知识的渴望，对未来的憧憬，如今回忆起来竟如此清晰。严厉宽厚的老师，精细而良好的治学态度，无不灵动着当时被称为"文体班"（注：有文艺、体育特长的学生）的韵律之美。

老师翻动名册，逐一地念着："良云""树满""万泽""江明"，俊秀汉字储藏天下父母的殷殷热望。"兰英""传群""成香""家桂"，蕴含着一个古老而圆融的理想。这一个个名字，对应着一个个年少的面庞，又与乡梓幸运符号、美好预期相连，更有彼此间的意会与互敬互爱。在"文体班"的时光里，我们不仅学会了歌舞与竞技，更在老师的引导下，逐渐领悟到艺术与运动背后的精神与力量。不仅如此，"文体班"还为我们提供了多样化的成长空间。特长段位落点的选择，不仅让我们在各自的兴趣领域中找到归属与自信，也慢慢沉淀为一种深切而自然的情结。

围墙外生长大片软碧的麦苗，每个学生名字浮在老师心里，也浮在田野的书香里。那时，我们有独立思想和更丰富的生命维度，但却不能尊重自己的天性与生长的节奏，也不能全然接受传统主张的"天人合一""君子不器"式的教育。但这并不影响我们保有善良、懂得敬畏、上进与探索的兴趣。正因为班级勤惰不齐、智愚各异的现状，唯有老师操心不尽。班主任自身是明智的光，独有的尊严，还有信赖的眼神，以及敲击心扉的话语："当一位老师，不必要求自己能影响每一位学生，但只要有一句话或一件事，能影响某一个人，使他或她在一生中时时默念遵循，也就心安了……"给予我温暖的慰藉，尤以自勉，使我时时沐浴春风化雨之中。由读书作文能顺理成章；由数字到数学的境界，而至今日为财会立命，岂不是老师的苦心教导呢？饮水思源，我又焉能受而不予？那个美丽校园，流年看尽花开花落，我所缅怀的岂止是忘情栎树掩映的土台子上翩翩起舞的少年、围墙外摇曳的软碧青苗呢？

学生生活的体验，最深刻的不仅是师生之情，更在于从不同地点、不同身份回望时，所感受到的文化积淀与精神传承。恋师情结，是对那个成长空间的诉说，也是对老师的孺慕，如舒曼的《梦幻曲》弥漫，隐隐可闻。我以为，到了一定阅历才会情愫年少，而同学们讲起母校独特的木板房、摇晃的高低床、土钵子饭、瓶装咸菜等，以及读书声里那个辫子长的小姑娘，可谓如数家珍，历历在目。这时才发现，这是我们这一代人的整体情感。有位作家说过，年少的一切，哪怕疼痛也是好的，多年后回忆起来会好好珍惜。庆幸我们路过的时候，没有漠视地走过，而是俯下身去倾听。

现实与梦境的交叠，曾经令我迷醉的东西，有声有色地充塞这个秋夜。今日的师生欢聚，如同在校时一样温暖。老师安静地坐在席间，他们神色如昔，看不出风霜，喜乐着学生的斟酒、奉菜，安享温馨祝福，从学生的恭敬里体味师生之乐。

霎时的快乐，更像幸福的短暂对视，并不能让我们回到从前。但每个人也早已不是原来的模样。就像文人描绘的快镜和慢镜，快镜的人早已被快节奏抛开，而我们却安享着慢时光，感受问安中学的寒暑不尽年，读出那个时代的明朗，欣赏那个清秀淡然的侧影。

送别老师至酒店门前，一阕古诗犹在耳边："令公桃李满天下，何用堂前更种花。"晚风拂过老师的背影，看到他脚步的迟缓。眼前的新旧组合，多么欣喜交集的图景，那些陶醉过的时间啊。

年少如我

蜿蜒的公路向前延伸，远远的四岗村，静静地守候一片洁净，有繁华尽时的沉淀感。坐落岗边的原长春小学，已大门紧锁，几近废墟。凋敝的墙角、舞台、石阶，给我另一个想象维度。这里的每一处都像一个待启的信封，里面装满故事，不经意就与童年的自己蓦然相逢……

秋风吹过校园，也吹开新学季。我背着书包，欣欣然地走进教室。初入学堂，混沌不开蒙，有着无知无识的快乐。面前的作业簿、图画册、小人书，每个主题都各不相同。然而，看似一个逗点的描摹，一根画线的随意涂鸦，抑或一个漫不经心的神情，都连接隐秘的内心。语文老师的耐心，算术老师的严格，给予我最好的启蒙。那篇背诵的课文《孔融让梨》："有一天，家里吃梨。"阐释的不仅是主人公幼小仁心的显发，更是教人仁心善行。这口口相传的经典，早已间见层出；那首上台演唱的《大红花开满地》："小朋友拍手来游戏。"长长的歌词背后，飘荡着清风般的和声，美妙而美好。然而，此后长长岁月里戏谑自己的，却是懵懂时对拼音字母"aoe"的难忘体验，以及课文开篇"日月水火""山石田土"的永久记忆。

校门两旁的女贞树茂盛，初夏稠密浅紫的细花滑过我的头，我的裙。走进那样的空蒙里，分不清是春日还是秋景。学校布局讲究，基调柔美。高阔的空间，"品"字形格局，暗合天人合一、聚气纳灵的传统理念，兼具旧式学堂的美观与实用，永远的神秘保藏。校园外，生长着大片的蔬菜瓜果。卷心菜嫩绿，瓜藤婀娜，隔着一道沟壑，拨动小小同学的心河。午休间隙，我们会仨俩地钻进地垄，埋下童年的种子，等待长出新的枝柯。最初的审美心性，隐藏的善良，以及那些能记住且成为一生标尺的东西，好像就种在这生菜地里。学校以东是宜昌地区"五七"干校，以西则是宜昌地区福利院所在地。

同桌的女生来自福利院。她穿戴整洁，性格和顺，眉间满溢书卷气。我默默注视她慢慢进出教室，因小儿麻痹症落下腿疾，竟生出一份同情与怜悯之心。当时年纪小，无法表白，而那份心疼却难以忘怀。长大后，我读到钱钟书的《素交》，才明白人与人之间，或为友情或为亲情，都是基于遇见的缘分。"搀扶"与"责任"是我彼时彼际中的有情和有觉。小学生时代的心性，天赐的童真，自有其独特的意趣。我们依偎田埂看麦浪翻涌，结伴目视萤火虫飞入芒花的星点；我们以草地为席，陶然拍下合影照片，记录旧式教学平房的纯美风姿和阳光下的美丽校园；还有无数次地相伴走过学校至福利院的几华里长路。

时光荏苒，当年懵懂的孩童，如今已有足够的年岁懂得珍惜，而多少日子随风飘散。秋岗不艳，因为它已走过了艳丽时光。只有操场一角的蒿草依然保持着昔日形态，所有的植物都感到了寒意，安然等候时日推进。

我站在破败的教室前，细听琅琅的书声拂过时空，任凭黄叶随风轻扬，飘落我的肩头。我试图假设场景，莫名地猜想和默念老师和同学的名字：彭先英、姚传宣、树满、江明、伟刚、华明、于健、谢丽、祖秀、献芬……原来他们与我一样，也藏着难以言语的秘密，那是再也回不去的童年。

一壶清酒酌离情

绵绵雨后，晚来秋。

我行走在故乡的古镇——江口，深深古意盈怀而来。小巷内自生的藤蔓攀附牖边；屋檐滴落的水珠，透着"青瓦长忆旧事雨，朱伞深巷无故人"的清凉。老街青石板路油亮而光滑，坐落两侧的深宅，不见雕花窗棂炫耀的朱红、端坐的主人，只有院落斜倚的一树桂花，如画家笔下的曙红，淡淡的，潜着晚秋的暗香。门前端立的石鼓、锈蚀的铜环，孤独地固守着昔年的辉煌。

沿着曾经繁华的老街前行，下街尾的江口酒厂原址就在眼前。曾经扯着"谦泰吉""太白遗风"旗帜的酒馆，琳琅的商铺都已在时光中悄然隐匿。只有偶尔几家修旧如旧的小店，清风拂面，老树新枝，几分相似，几分重合。我驻足"江口活鲜店"的沉香桌前，丝丝鲜香弥漫，荡漾着江北的富贵气息。恬然品尝，熟悉的味道如家乡老酒一样绵长。浅酌慢饮，恍若年少光景再现。

风中自有酒香，一切仿佛回到童年。隐约看到苍老的酒坊弥漫的雾气逸动，酒味香浓。这里不仅珍藏着白酒酿造的奇方，同时还留存着湖北先民用智慧和劳作创造的长江流域悠远的酒文化。他们对酒当歌的豪气、把酒话桑麻的闲适，就隐藏在这神之水滴中、原始史料里，闪烁着昨日星辰的远古余晖。如此，古镇的气象，也因了酒而显得格外缠绵。

酒厂院内堆垒的褐色陶罐，闪烁着生命的光泽。它粗糙的釉面所隐含的华丽，给予我儿时最美的启蒙。它泥土的筋骨，盛满玉液琼浆。每每到此，我都会端详良久，俨然就是那位携着酒樽为祖父沽酒的金钗，手捧酒香盈盈一路，迎风扬起芳烈。陶罐的征象，是传递至性至情如通灵般的宝器，更为年少的我称颂往之。那一日，祖父牵着我的小手辗转一个个摊铺，终于觅得一只小号精致的陶壶，高领鼓腹，颈部回形花纹，简约而灵动。欣然捧回家洗净，从此它就是给祖父暖酒或打散装白酒的宝物，真是贴心和顺。祖父常说："历来佳酿，常有美器。"因此，陶壶的每个细胞都被酒因子浸润。家里的那只陶杯与之相配，琴瑟和鸣，成为祖父怡情小酌的标配而终生不弃。

时间的香味在酒坛里沉淀下来。

我踏过门前的小路走向田野。金黄的油菜、碧绿的秧田，就像一块大大的提花绒毯凸凹有致。我的祖父祖母躬身田间，在它的经纬里涂抹最明丽的色彩，同时也将希望织进这片土地。劳作间隙，有思无念，缠绵的花间小令随口就来。《诗经》中流动的酒香，如潺潺溪流，浇灌我年少的心灵："有酒湑我，无酒酤我。坎坎鼓我，蹲蹲舞我……"

《诗经》中的文字穿越千年，依然像春日朗朗，绿意苍苍，酒香绵延。此时祖父就是那位酤酒的谦谦君子。他求友若渴，待友如己。无论长幼亲疏，皆以滤清醇之酒相待，烹肥美鲜味。正如诗中所言："酤酒客来风欲醉，宴饮人去路还香。"他对农友亲眷的深笃之情，带给我一份至今犹不忘的感动。长大后，我读到"开轩面场圃，把酒话桑麻"的词，读到陶渊明"且共欢此饮，吾驾不可回"，才知定格童年的"流水席"大概就是这般情景吧。

暮色升起，袅袅炊烟唤人归。

祖父的晚餐令人轻松而惬意。一壶江口老酒，一盏杯，已然是最大奢侈、不变的日常。此时的浅酌慢饮，喝的是另一番情调。我把陶壶高高举起，美酒汩汩斟入杯中。祖父拿箸低头轻轻抿一口，如命中涓滴的赏悦，天赐厚礼。酒过三巡，便翩然欲仙，眼神迷离，酡红的脸庞幸福荡漾，酒趣显现。只听得他饶有兴致汉剧道白般的悠悠吟唱："正月里梅花香，二月里兰花状，三月里桃花红……"生命光华都浓缩在酒的香馥里，连墙头凡俗的灯火也摇曳着节拍。田园的十二月花，故里村落也被唱诵得温软起来。好比元稹的《遣悲怀》哀矜而淡婉。或许这就是独属他的时代吧？我不由愕然：酒因子与米粒相遇，经过酵波，生成如此缠绵的点滴，又何止"杯中乾坤大，壶中日月长"呢？

十八岁的那一年冬天，我当兵离开故乡，注定此生漂泊。紧张而有秩序的生活，也隐含"一堆红雪媚青春"的浪漫。"八一"会餐，茶缸碰杯砰砰作响，官兵之间少了平日拘谨。闻着醇香长大的我，有了小小得意。喝酒如同灌下一杯杯荷尔蒙，只求灵魂透亮，哪知老白干的烈性，入喉便是绵绵密密，荡气回肠，顿悟故乡白酒的那份温厚与纯粹。

酒宴散去多年，年少生活的片段，常常唤起一杯美酒的释然，并消弭一生漂泊的孤寂。就像时光浸泡在故乡白酒之中一样，愈久弥香，想起时它便如期而至。我生活的江南，少有曲酒，他们多为"女儿红"沉醉。所以我的亲友从湖北来，定会带上老家白酒。不管沉重易碎，无惧转车周折。枝江曲酒、谦泰吉……尤其二两扁瓶装的大曲酒，十分精致可爱。至今我还珍藏着一瓶绝版的枝江小曲。千里载酒，意寓酒中，储存的是浩渺无际的乡情啊。每每结识新朋友，我总会这样介绍自己：也许你对我的故乡不熟悉，但一定听说过"枝江大酒"吧？于是大家便异口同声："我们都是有故事的人，知心、知己枝江酒……"熟稔的广告词，带给我永远的慰藉，一种穿越而来的感动无以言说，不用畅饮且已醉了。我以为，不是每个人的故乡都有美酒，也不是每个人都拥有自己最闪亮的日子。就像这杯中醇酿，只有经历时间沉淀，才能获得明亮色泽和浓郁陈香。

酒酣耳热的微微醉意，常常把我带回故乡。

曾几何时，祖父把酒言欢的细节和画面已悄然消逝。岁月长风掠过，他已高龄。面前的陶杯斟满的不再是酒，而是我眼里凝集的泪，一如安顿他残年的依赖。盛年酒前的自持，酒后的陶然，如今只能在梦里再现。顿然有了餐桌上汤锅炉火燃尽，肴馔已然失去风露的滋味，原来人生不过几巡酒的工夫。

怀旧的小巷那么窄，它在两边深宅夹击下，显得狭窄而逼仄，沿着青石板街巷走过，终会与自己的童年相遇。江口，我会在你的筵席间，会在自己的回眸处，看到酒杯里细细斟满的清酒，重新成为生活的甘霖，还有那个曾经享受过汲酒之乐的少年。

一笺秋意为谁浓

　　秋日的小城，天空云霞已被浣净，澄碧如水。她的明净让我想起滨江江岸线的蜿蜒有致，想起神话传说中的五柳树。五柳公园和滨江公园一动一静，相得益彰，给人以相生相成的美感。它蕴含文化元素，散落无数灵根。同时也理性忖量，从哲学的层面将长江江面颤抖的水纹和城中湖泊的高光圆融为一幅流动的写意，深情表达一方特色，一幕精彩。

　　走进五柳公园，桂花香蕊簌簌而落，湖面秋水无波，隐现深广宁和的写意。被誉为"锁洲桩"的柳树，已淡化神性魔力，散发出仙女秀逸的气质。长长的枝条垂于水边，一波波荡来，惆怅而不伤，独舞一段自恋的薄愁。石桥弯弯的曲线，入画就有浓浓的诗意。回廊、亭阁的朱红，滤去了虚光，沉实稳重，像古画上的朱砂印，默默窥视游子隐秘的热情，错杂的心绪，还有今昔聚散的不舍离情。

　　从后山走向西门，新建的广场新颖时尚，游人如织。曾经宁静的街道，古旧的中式小门房，熟悉的石板路，已从小城的版图上消失。那些城市发展过程中所形成的、滋养一方文化的窄巷邻里，都在时光里悄然隐退。一代代绵延的历史，只留下值得捕捉的永恒记忆。今日到此，只想扮着昔日的邻家小妹，轻问广场边的那棵熟悉的桂树，你还记得"驿路桂花"吗？只想听它娓娓诉说花的粉、花的静，花开飘落纷纷如雨下的深情……

　　风过堤岸。我紧了风衣，向滨江公园而去。江堤新启用的网格护栏，将视线与江水隔开。宽阔的沿江大道，已无法细致地勾勒我与它的关联，更无法寻觅曾在蜿蜒江滩奔跑的足迹。静坐江边廊檐下，我凝望沐浴阳光下的那尊飞鸽造型的建筑，蹁跹中展现出孤洁肃昂的气质，让我有了仰视的高度。长方形的顶楼镶嵌的多扇彩窗，与滔滔长江相映生辉，如斑斓的束束流波，从天而下，以矗立小城人文精神之上的气象，将我带入另一个风日之下。此时，滨江广场传来悠扬的琴声，一位舞者旋转的身影，点燃这个深秋的热情。她张开手臂，自由滑翔，精致绽放，陶醉依然。当曲子以不可思议的高音，奔向灵性最高处，并在享受那种极高之后的戛然而止。然后的寂静，给人极大的震撼。

太阳斜过小小码头，江面闪动着柔和的光。趸船温润沉稳，已无漂泊的踪影。我俯下身掬一捧江水，回退的浪在指缝间缠绕。小心地尝试，淡淡的甜留在舌根，全然没有年少时的清冽。望着天际线道道神秘的金紫，我惊讶清秋时节的绝妙。

沿江路上的柚子树清欢又热烈，绿叶间透过的光处处如孩童的眸子闪动。此时我成了《千江有水千江月》里的贞观，流连棵棵柚子树下，痴迷地细数一个个炫耀的果子，仿佛听到每一片叶子、每一个果实都在低语，讲述着关于成长、收获与自然界的秘密。

离开小城那天，来到临江小院酒馆，点了拿手菜：土鸡、河虾。故乡水质好，杂粮多，喂养的土鸡香嫩柔韧，河虾更是色香味美。故乡烹调土鸡花样多：凉拌、干烧、火锅、腊味等，各有风味。尤其是一把青蒜末撒在热腾腾的炖鸡汤锅里，真是金风玉露一相逢。然而乡愁引起的原始性饥渴，却永远也填不饱啊。

候送我的"丰田"启动，刚刚抬头还见的太阳，不觉间隐进云层里，雨珠细密地滴落车窗，如悄然流淌的眼泪……

列车驶出，我心情变得沉重。来时的热忱与离去的不舍必有同样的失落。我独自感受这淡淡的薄凉，久久回不过神来，闭上眼睛，沉得满厢尽绿，随之悄然如梦——梦里不知身是客，一晌贪欢。

只有香如故

　　清晨，祖母来到我梦里。她身着深蓝衣衫，围裙下角的绣花隐约闪着秋香色。那对尖尖的小脚，走起路来如风动莲花，俗雅又性情。

　　梦毫无逻辑，却与过去的生活密切关联。因而我相信灵魂感应的存在。祖母怜悯的目光与我对视："你可记得老屋瓦上的斜阳、沉香桌上的灯花？"哦，祖母说的是绣品吧。她辛劳那么多年，白天刺绣、夜间熬更缝制衣裙，何曾看到我脸上的一抹微笑呢？她精心绣制的宛若生命图腾的花卉，我又何曾领会其富贵吉祥的瑞意呢？

　　人要活多少年才知道感恩呢？当有足够的年岁懂得珍惜，而那些美好日子已随风飘散。祖母去时，我在她的脚后点亮一盏灯，愿她还在莲花路上行。握住她冰凉的手，多想暖回生命的热度，泪眼里似乎看到她指骨微动，那双会绣花的手啊。

　　十年思念如梦。

　　江南早春，《怀念》的曲子再度悠悠响起，带来淡淡的薄凉。我望着祖母清浅的笑容，如同在世时的温暖。我轻轻打开橱柜，悉心摩挲祖母的绣品：锦帛、绣衣、虎头枕、猫头靴、童帽、绣花鞋垫等，久久凝视，爱不忍释。这些悉心珍藏的宝贝，底布的颜色已在光影里褪去。古朴的旧，如秋叶经了风霜，倒是香红了。沉郁的质地透到心里来，陶然而醉。我抱起一岁的小孙孙问：祖太太绣的虎头枕在哪里？不会说话的他伸出小手，指着玻璃橱柜，咿，在那里呀！

　　生命的底色，往往在不谙世事时就悄然定好。初识祖母刺绣，我也像小孙孙一样懵懂。祖母低眉捻线、穿针的柔美姿态，只有庄生梦蝶才可见的悠然，以及将万般情思化为指尖的缕缕芬芳，让小小的我惊奇不已。我曾以为，祖母就是天神的使者，来凡间传授女红技艺，扮一位美丽的绣娘。她一定常住星河之畔，拥有过仙女的羽衣，只为使命而选择用一身蓝色衣裙把自己装扮。尤其围裙右下角的雏菊，娇小花瓣透着柔黄的秋香色，散发生命历练后的芳香。那份心甘情愿，又岂止是仙女对绣花的依恋所能比拟的呢？

时光如玉。

现代化缝纫和机绣艺术，渐渐淡去农家旧日风情，传统手工缝绣几近终结。然而，正是日渐消遁的手绣品，给我无论身处何地的迷恋感，就像凝固年少记忆的琥珀，包裹着乡村最暖意的生活图景，潜藏着手工乡土文化精神，留给时间回味和思考。

（一）

老屋两旁的果树已发新芽，黄绿间透着粉红，一派春意盎然。后院的竹园古老又年轻，新竹旧枝相怜又相惜。园边的池塘清波粼粼，竹如一道屏风宠溺地将其拥入怀中。祖母倚靠竹园悠悠地做着绣活儿。我捧书静读，迷人的下午像一阕轻快的曲子，很快就奏完了，侧身抬头便看到照在青瓦屋顶上的一抹斜阳。

那个春天，人心摇晃着，茫然而不违。年轻人戴着袖章，喊着口号："破四旧，立四新。"祖母的雕花床、衣柜上雕刻的图案，都被祖父刨平；沉香木桌、木凳上的花纹和回字形的镶边也被挫顿，全都恢复了原木本色。就连白瓷坛上隐喻招财进宝的蟾蜍也成了封资修。我年纪小，祖母强求我居家写字、背书，各自忙而不扰。祖母的绣品线条迂回，方形的素色锦帛上，层层浅粉堆叠，没有收针的朵朵玉兰独自忧伤，仿佛把已刨除的梅兰竹菊都掺揉到无法包蕊的朵朵玉兰里。那些寓意吉祥平安的八仙图、宝葫芦、鱼鼓、芭蕉扇……只能从抛光后露出的原木，遐想曾经的妙趣横生。

颓然来到竹园，雨后满眼残叶断枝，幼竹倒伏贴地，静待复苏。我无法认知风雨带来的"革故鼎新"，只觉竹通人性，片片叶尖噙着盈盈的露，默默地像泪珠一样却不落下，纯净透明得像少年，含了淡淡愁绪。再看竹影下的绣台，香草萦萦，蔓藤缠绕。祖母的长条幅绣锦——《竹秀》已渐渐显影：一只雀鸟安落竹梢，微有羞涩，妩媚精灵。雀儿所占比例极小，却有点睛之妙。丛丛幼竹疏落，嫩绿极富变化。空中的细枝柔韧如柳，叶弯如眉。长长栅栏旁逸斜出飞白，蜿蜒生长……祖母雅趣的针脚，通透水润，简约奢华。她孜孜以绣的竹秀图，所隐含的诗意，何尝不是"风约约，雨修修，翠袖半湿吹不休"？

倒伏的幼竹悄然抬头挺胸。株株丛生竹的鞭根露出地面抽箨延伸，冒出笋尖。新生命聚集灵气，几日便绿叶茵茵。杜甫《咏竹》："绿竹半含箨，新梢才出墙。"不正饱含其意吗？祖母的绣品依附林间而不失竹意，从中提取绣绘素性，终成风格。所谓胸有成竹，不正是祖母沉着内敛的写照吗？而这种生存智慧下绣出的作品，最深情也最含蓄。

（二）

乡居的少年生活优渥自在。暑假了，所有的紧张都在如风的洒然中消散。那年初夏的雨季迟迟没来，香樟树的嫩绿不经意间褪去。伸手摘下一枚脉络细密的椭圆叶放入书本，没想到这轻柔的叶片，竟能坚韧地绾住一段情结，把契合夏日的深意写进童年记事。

"楠、豫樟之生也，七年而后知，故可以为舟。"月令吉日，我端坐香樟树下，祖父教我念《淮南子》的词。他虽不注重节奏，却对词的妙解格外用心。院内抑扬顿挫的读词声，早已化作香樟细密的花，娓娓诉说她的静，她的白，洒落如梦幻般的深情。

"红莲落故衣""夜雨剪春韭"的词，是后来才懂得的剪纸小写意。而对祖母刺绣之外的剪纸绝技，却早已倾心迷醉。那天晌午，祖母外出时留一盒丝线在侧，也许难得的疏忽吧。于我而言，香樟下笸箩里的丝线，恰似《尚书》中所言："以五彩彰于五色，作服汝明。"绚丽而艳泽，竟让我心生欢喜。我放下《淮南子》词本，小心翼翼地拿起针线，铺平剪纸花样于素色手帕上，照着祖母的样儿描摹起来。可一来二去竟怎么也绣不出花瓣的神韵。看着自己粗糙简单的"作品"，心中不免有些失落，顿然想起学堂学伴们书包上的饰品：有玉有珠，也有瓷有陶，但像我书包搭盖上那朵精致的绣花，却凤毛麟角。今日小试身手，我以为线线相叠，便能绣出一番天地来。哪里知道祖母缝绣技艺的致密心思，清雅品位，以及用色用针之能呢？

樟树浓荫夏日长。我依偎在祖母身边，看她剪纸，听蝉的鸣唱。光景温软得如同她剪、绣的那些花儿。邻里姑娘、媳妇聚集，有向祖母索要花样的，也有观赏学艺的。祖母把软软的白纸折叠成豆腐块大小，转身放置椅背檐上，用小小的剪刀尖轻轻啄击，待到密密麻麻的点让纸变得柔软后，才开始剪纸。祖母胸中有图，剪起来游刃有余。条条圆润的曲线，疏密有致，自然地镂空出各种花样。有纤细秀美的花草，有神态各异的小动物，也有老戏里的才子佳人。她对物象积累丰富，加之感悟创意，每一剪下去，都独具魔性。那些生生世世的情长意牵，好像就在她灵巧多变的造型里完成了。祖母生肖属猴，她创作的《猴子闹春》特别凝练，本真而灵动。

"立意不须工致，便得一室花香。"祖母常年修为，剪纸技艺惠达圆融。从此，我心里长出"花瓣兰芽"。她眼眉蹙展而衔接着不同的图案，掌纹叠印于绣布及剪纸之上。我痴迷于拓绣剪纸花卉，乐此不疲。花架前，小小身板伫立。我面对绣台，举针又放下，双手慌乱，毫无章法。一块亮白的绣布上，被我"涂抹"得大红大绿，重赭重青。祖母则惊喜又错愕。她微笑着俯下身来耐心地教我：葱绿应该配这款桃红。只有西洋红才能弥补淡薄。这里的半瓣桃花、半片柳叶，皆能于光暗曲折之间自有起伏。另要选一种色线为主画面，可平添生机。原来祖母手指的每一个细小的伸缩，都蕴含着不同针法与配色，其中的玄机又怎能轻易说清呢？

那个夏天，我以笔墨、针线兑现自己的诺言，真正品尝绣娘的艰难。读词绣花，神圣而温情，就像《淮南子》的词所描摹的香樟，无不体悟到它的从容沉实，并从它的繁茂里反刍阅读，学着用生命的眼光看剪绣。樟树深绿的叶，谜一样锁着幽香；没有完成的绣锦，留下一幅"未裂之帛"。它保藏我的秘密 —— 一次次地神游心动，孤芳独赏。

（三）

秋风吹过老屋庭院，也吹开稻穗和棉桃的笑脸。我从书中抬起倦眼，远远望去，金黄的，纯白的，融融暖意盈怀而来。丰收在望，祖父忙着割稻、打场、晾晒。祖母忙着收棉、植棉。木格橱柜里，一摞摞自织的布匹，规整放置。祖母摊开竹帘，将布匹展开、铺平、剪裁，勾勒被面、枕套的图案，构思缝制衣裳的式样，好似未来的日子都被期待充盈。

阳光碎银般落下，篱笆疏影里，晚开的木樨，洁净幽香。祖母端坐，浓浓的秋意就荡漾在她的指缝间。麦仁色的布底被面上，她的心思被小心收拢成一对对鸳鸯，一棵棵水草，还有欲语还休的水波。绣针在她手中从容行走，十二色彩线穿梭于平针、套针、钉针之间，每针过处都泛着凡俗的喜气。光是击水嬉戏的对对鸳鸯翠绿的头顶，橘红的尖嘴儿，白色的眉纹，棕色斑点的颈项，以及暗紫的羽冠，就足以令人惊叹不已。

院角的芙蓉悄然绽放，层叠的花瓣向内蜷缩，散发着清淡的香气。祖母坐在花影里，指尖轻拂：浅黄的蕊，粉红的瓣，深碧的叶，赭褐的茎秆。淡淡几针，精致细腻，这簇簇花木便神秘地植于枕面。浓荫垂下来，沉甸甸的秋意，寸香寸金，素心安暖。

缝绣伴花香。我沉湎粗布被面、枕套的绣花里抚触的轻暖。光线穿过祖母的耳环缝隙，两鬓露出银亮发丝，她脸上的笑纹全荡开来。我凝视她手下别致的"布艺世界"，浓浓淡淡的绣品潜于纹理内，暗处若现，明处若隐，美感恍惚。清清浅浅的心，盛满点点滴滴的幸福欢乐，哪会去想老街布店高挂的大红牡丹被面、印花枕套呢？

谷子已进仓，缕缕金黄从祖父指缝里漏下，让人苦累全然不觉。回望田园，惊讶收割后只留下残阳的气息，檐下隐现秋意。节令走到这里，自然变得素洁起来。祖父叼着烟枪，轻轻敲打春日吃进泥层中的犁耙，说着四季更替那些有趣的细枝末节；祖母拂拭层叠的衣物，沉浸于"一棵棉，一尺布"的甘苦里说着丰年。他们眉宇间溢满笑意，如实地享受秋日的馈赠。

（四）

冬日来临。老屋庭院宁静寂寥，满目苍凉。雪花飘落汇集树冠，渐渐隐没叶片，如宋画里的冬景，留出蜿蜒田野尽头的锌白。村舍不见清晰轮廓与缥缈炊烟，白茫茫的大地安眠如斯。

寒假生活伴随新年，洋溢甜蜜喜悦。檐下冰凌的晶莹透过窗棂，映照翻开的课本，文字变得清晰，阅读也顺畅起来。门楣光线掠过春联："一等人忠诚孝子，两件事读书耕田。""春归花不落，风静月自明。"深深浅浅的红色，激起丰富的画面，带给农家明媚的春意，如影随形。空气里弥漫花生糖、炒蚕豆的甜香，还有自酿的糯米酒香，混合着，久久盘旋不散。

侧屋门帘的绣锦红而艳，与厨房灶膛的火光辉映，把祖母忙碌的身影笼罩。案板上整齐排列着炖菜、蒸菜，一组白瓷兰花碗最惹人眼。兰花碗底密密地摆放红皮扣肉，表面覆盖层层淡黄米粉，蒸熟上桌，碗扣盘中，揭开热气腾腾、香气四溢。祖母将剩油从兰花碗中慢慢倒入深红的陶罐，那种省俭所散溢的釉彩，像打磨过的农家日月——润泽，明亮。

黄昏降临。萧萧雪影，交织腊月最后的时光。祖父将墙边的爬犁、锄头、风斗等贴上福字。祖母悠悠穿行梅林，摘一束含苞的梅，恭敬地插入瓷瓶，供奉家堂菩萨前；再秉一对分岁烛，燃一炷香，双手合十念念有词："天高日月悬，地厚生白金"，像旧约里的老先知，颔首盈笑，满是虔诚。

灯盏亮起来，带着神秘和喜气。就连谷仓、米缸里迷藏的小手电也闪着微光，寄意地久天长。夜晚寂静，祖母的身影投在斑驳墙上，竟如此温柔。油灯下，她正为我赶制新衣。蓝色缎面圆角棉袄、墨绿色灯芯绒罩裤。这温暖的工程，漫长得像老戏里的长腔，依附迂回的针线，许久才能抵达啊。当灯花满芯，祖母起身已三更。她捧起盎然挺立已属于我的成衣，为踏实守住灯火而喜悦。祖母的手艺精巧，每一针每一线都倾注了她的心血，而真正让我感念的，还是墨绿裤管上那朵红褐色花儿的绽放，以及浅碧叶儿凝聚的爱意。繁琐的勾线，既绣出古称"千子一同"的意象和美感，又迎合我剔透的心思，闪亮那个新年。

祖母的绣花，滋润年轮，装点生活，美妙一如梦中。祖母"工于素绣，直绣到岁末等春来"的陪伴，也使我在后来的岁月中养成做事如绣、读书不辍的习惯。"书籍于我，重要一如白米，家中必有；书橱亦如米缸，常满。"儿时耳濡目染，对自己认定的事情孜孜不怠。如今仍然记得祖母说的老屋灯盏：只有用心守护，日子才有光亮。成事如一粒谷子从生长到进仓，每一步都历经复杂和艰辛。灯花结满时，祖母总说那是心意圆满的象征。傍晚擎灯，三更才结满灯花，或许就是时光在她指尖凝结成的"灯花"。

针线穿梭，似水流年。

手绣之家的烟火气，竹园、花草、树木等，都于漫长时光中渐渐消散，成为挥之不去的乡愁。寂然的绣台，只留下朽架独饮风露。祖母故去。阳光穿透新居明亮的窗棂，斑驳地洒在玻璃橱柜的绣品上……

居住的城市，历史久远。常去老街观灯乐行。满街的商品，满街的行人，满街的灯火。我始终睥睨摆放整齐而艳俗的电脑绣花鞋子、枕头等。它们定格在固定模式里，面对喧嚣的视角对象，浑身布满炽烈的骄阳，而我却看到它们美化后的浮华。相比祖母的绣品，安居我家橱柜，却富有灵性、质感，更具智慧和生命气息，宛如月色的淡泊，可以长久注目，感受亲和。

常来长江边。小船游动，绿草茵茵，满眼皆乡景，却无处是吾乡。上游的夷陵小城，日新月异，汰旧换新，也已景物全殊。但它却唯我命门，所换取的温暖记忆，皆因由往日所在。我默念祖母"一棵棉，半尺布"，怀揣自修而回到本真，体验少年的纯净，追寻一种审美意义。

流星划过天空，一颗最亮的星星对我闪烁。哦，那是天神最宠爱的织女星吧。她重回星河之畔，绣虹织霓。对我何曾不挂心？那个夜晚，她披一件羽裳，从云端翩然来到我梦里，轻语："南陌东城尽舞儿，画金刺绣满罗衣。"我答："零落成泥碾作尘，只有香如故……"

此文献给恩养我的祖母。

大洪山，天堂里的初相见

我默默地想，为什么故乡三月的日子能吟成诗的长句？为什么樱花怒放于早春？这花与时节、人与景，竟是如此契合。若将时节更替与此相联系，弥漫着大洪山灵气的樱花，便更添几分韵味。如此，她的花香才更显得绮丽深邃，并在我心里化作一种纯净安然的情调，在江南和遥远的大洪山之间扬起无法忘怀的故事。

大洪山　　　　　　　　　　从清晨漫步到黄昏

山山水水格外亲　　　　　　掬一把溪水传清音

把秘密藏在白龙池　　　　　好久没来大洪山

美丽醉了我的心　　　　　　山山水水格外亲

白云悠悠芳草茵茵　　　　　从深秋淌伴到初春

十二时节爱无痕……　　　　银杏暗香可否安神

　　　　　　　　　　　　　把秘密藏在白龙池

　　　　　　　　　　　　　相约我梦中情人……

歌手谭晶演唱的歌曲《大洪山恋歌》，一直被大众熟知喜欢。而当我回到南京再次聆听，感觉却不一样。似乎能够更深切地体味大洪山静静的、超凡的、俯视众生的美；也能够更深刻地理解歌曲的内涵，感受其深邃而悠远的意境。

迎着大洪山苍凉的风，远古的况味和历史的厚重从我心里掠过，不知自己走在前世还是活在今生。蓝天下轻轻荡起涟漪的白龙池，雾霭中矗立的状元塔，阳光里的漫山野樱、古老的银杏树、峻峭的溶洞、神秘的庙宇，提醒眼前的景致就是供奉心中的日月。

（一）

午后的白龙池在逆光里托起春的暖意。这里不仅有春的浩荡，还有秋的斑斓。池边的那块清灰石，散逸古人郑獬端坐苦读的大写意气象，舒卷成一幅图画。池

第二辑 静把岁月织繁华

边的吊椅仿佛也有了脉搏呼吸，挂着他状元及第的浅浅吟笑。那些水草般柔软的情思与苍茫的岩石相映衬，真的应了"一生痴绝处，有梦到龙池"的绝句。若在"智慧之泉"旁久久伫立，碧水渐渐模糊成一蓑烟雨，鄂北山水田舍的风情、白龙池石碑悠长的光阴，都将嵌入心田。

白莲般的雾霭慢慢游走，状元塔被其宠溺地拥在怀中。高高的石阶、青砖、白墙、残缺的雕花、淡去的墨色，让人感到时光的力量。塔的四周层叠苍翠，只有那棵老梓树等待青荫，背负感伤的隐喻。九百余年后的今天，循着古人郑獬的脚步，战战兢兢于读书人的圣殿之下，吮吸着弥漫空气之中淡淡而又遥远的书香。而芸芸众生，莘莘学子，如今还有多少真正来此膜拜状元塔呢？我不禁想起那些被岁月风雨无情剥蚀的无字碑林，它们存在着，却看不清内容。这"有"和"无"的辩证，警醒我们竭尽守护的不仅仅是一座文化的圣山，还有煦养一代精神的富人。只有执着守诚，才能为读书人贻以甘饴。

（二）

循着山路走向樱花谷腹地，春风踏过窄窄山径，阳光明媚。那棵棵白色的樱，蓬勃且不张扬，远离粉饰而纯净透明。她的泪隐在蕊里，就是不落下，有不能言说的秘密。而最抢眼的当属朱砂红的樱，红得热烈，玉玺般追逐的情缘，给予熨帖、富贵、安稳。就像《红楼梦》里的宝琴，抱着花儿站在半山腰上，别样风情。

走出樱花谷，绕过弯道，便是观景台。驻足远眺，仿佛站在整个春天里。漫山野樱散落成稠密的花带，蜿蜒数十里，流光溢彩，盛大且浓烈。此时的樱花是被父母丢弃的孩子，独自流浪。她们依附于植被边，悬挂于绝壁上，抑或挣扎于岩石缝隙里，顽强地抗衡风雨，依然淋漓尽致地绽放美丽。野花固有的卑微，竟如此不凡。

二十四番花信风。樱孕育于酷寒，怒放于早春，该有多少难以言喻的痛呢？一花开在万花前，温不增华，寒不改弃，不与万紫千红争春宠的品格，又岂止一个美字可形容。她潜行大地的暗香，又岂止一个美字可表达呢？

观景台装点的樱花，如一片零散锦绣。同行的摄影师以山樱为背景，连同春天一起摄入镜头，呈现的是何等秀丽的樱花海。

（三）

　　那个黄昏，我倚靠"两王洞"前的八角葵树，怅望踟躇天边的夕阳，心中掠过历史的暮雨秋风。耳边不时传来铁蹄声声、战马嘶叫，利剑飞鸣，如歌如泣般重重敲击我的心。当我还是懵懂的小女兵时，就曾聆听随州籍首长讲述西汉末年王氏兄弟的故事。今日到此，随讲解员走着、听着、看着，任由思绪延展。古人王匡、王凤，带领数百农民起义的绿林军与官军对抗，以大洪山这个险峻的溶洞为依托指挥作战，为推翻新莽统治，建立东汉王朝，立下赫赫战功。

　　聆听这段讲述，融入先前的认知，有了对照和发现。隔着时空意会，倏然清晰。从彩光下钟乳石呈现飞流瀑布的意象里，从石笋、石幔、石花演绎的千姿百态中，体味天地之间如何用血脉绵延象征民族的起点，用生命锻造这傲视天下无坚不摧的"两王洞"。

　　今天，大洪山据经引传装点这座溶洞，装点漫漫星河之中的光辉历史，成为一道厚重的人文风景。如此，这座溶洞也真实地引领我完成重温军营故事的温暖之旅。

（四）

　　前往大慈恩寺的前夜，我对着窗外的霓虹灯出神。眼前闪烁的红绿，远没有我想象的大慈恩寺金顶那般明亮与真实。读过《中国文脉》，这座寺庙被誉为20世纪最有价值的文化发现。它深深地吸纳无量度的才情，空灵、神秘、安详。它交汇融合宗教语言，曾有多少人背起行囊来到这里寻找精神坐标，从中读懂了灿烂的佛教文化，生生不息、传承百代，并心存梦幻、圣洁与向往。然而，真正神秘的感应和开悟的钥匙，就在每个人的心里。落花一样的轻梦，会在今夜有情有义地醒着。此时，大慈恩寺在缀满樱花的大地上安睡。眺望宝珠峰神秘灯火，不知有谁在为它默默守候。

　　大慈恩寺的晨光，纯净如水。

　　迎着逶迤流淌的佛光，我虔诚地登上石阶，绕过"中天佛国"牌额，恭敬地跨过大慈恩寺的大门，此时已抵达无尘世界。这里拒绝所有的浮华，可以放下所有的爱恨。游廊袅袅梵音，流淌的音符，随着菩提的幽香，洒落心上。

穿过红色门扉，进入宝殿，虔诚礼佛。朗朗的诵经和着悠悠的佛乐，一切都静下来。微笑的大佛前浓香缭绕，大殿暖暖的光，檐角铃铛摇荡，轻风吹起经书，清泉石上流过……这里的一切，都隐含着秘密。

银杏树下，我沉默许久。寺庙门上的楹联"汉东地阔无双院，楚北天空第一峰"保有的深意，寺内黄龙池清澈池水的神奇，地宫里每块石碑、匾额深藏的典故……留给后人难解的奥秘。

登上高高的"第一峰"，一片祥云环绕。倚栏凭眺，金顶云中"行走"，天空佛光再现，美轮美奂。此时山腰传来悠扬的钟声，余音缭绕，直上云霄，寓意"施恩人间，赐福万物"的神灵。

走出大慈恩寺，心情几分沉重。来时的热忱与离去的不舍形成了巨大的反差，这或许就是佛家的轮回吧。然而，待到大慈恩寺里暮鼓响起，游人离去，佛是不是也在独自感受这微微的薄凉？

回望大洪山之行，久久回不过神来。那片盛开的樱、绿色的山、神秘的湖，还有朋友的笑容，以及大洪山独有的旅感和诗意，都构成最美好的记忆。我与她的初相见的难忘瞬间，早已融化在那片樱花海中。

愿大洪山的历史和文化水乳交融，在岁月的长河中，翻开又一页新的篇章；愿大洪山的樱花树上洒满文化的光亮，布满思念的语言，无论哪个季节，我都能驻足沉思与向往。

槐花芬芳

走过山坡，顺着小路缓缓而下，阳光透过两旁槐树密密匝匝的叶子筛下一地碎银，淡紫色的花骨朵匿于其间，像串串风铃摇荡。植物的四季轮回，泥土深处不可测之力，如同一道永恒的谜题。大自然的日历，记录多少生命的精彩，清晰如昨。

山梁自东而西向远处延伸，山脊线勾勒出乡野麦田和槐林疏密有致的轮廓，构成初夏盎然的质地。田畈地头，农人躬耕劳作、播种希望。随着乡村振兴、打造美丽乡村，以及"蜂作文化"等活动的推广，传统农耕文化的生机被重新唤醒。"行当麦田清颖上，与子相伴把锄犁"的景象，应和着槐花盛开所簇拥的夏天，如期而至。

院角那棵老槐树高过屋檐，枝叶伸展，仿佛盼着离家的孩子归来。远远望去，像一位高龄的老人，饱经风霜却依然挺立。任凭风雪雷雨、寒霜酷暑，他始终默然伫立，守护着这片土地。他见证时光流逝、人事变迁，用一种无形的召唤，提醒远行的游子：无论走得多远，这里永远是灵魂的归处。随着年岁渐长，对这片土地的深情，以及那份刻骨的乡愁便再难割舍。曾经，物资的匮乏与精神的困顿，催促我挣脱束缚，奔向更广阔的天地。然而纵使天涯漂泊，心中那根无形的线，始终牢牢系在娘家小院，系在那棵苍劲的老槐树上，系在父母殷殷期盼的目光里。

伫立槐树下，恍然望见儿时的自己，记忆便如槐花般簌簌落下，心头也铺开一片纯白——

每日放学回家，踮脚将书包挂于槐树低垂的枝丫上。树荫斑驳，我于树根盘错处寻得一方天地，摊开课本：读至《鸟的天堂》时，满树槐叶沙沙作响；背诵"离离原上草"时，新抽的嫩枝轻轻点头；念到"两只黄鹂鸣翠柳"时，竟引得雀儿在树上应和。琅琅童声，与槐树的絮语交织成趣。

难忘那个自在的夏日，所有的紧张都在洒然中消散。我第一次从母亲有声有色的叙述里知晓"强随举子踏槐花"的历史典故；知晓七仙女与董永情定槐树下的民间传说；知晓"根祖文化"里中华民族的凝聚力。生动的细节，精彩的段落，俗中有雅，隐中有密，仿佛一棵槐树传来远古生命的律动。母亲一边讲一边将采撷的尚未完全绽开的"槐米"，去除花梗放进笸箩。故事讲完，择好的槐米已满满一笸箩。她将其浸泡洗净，焯水后与香菇、木耳一起剁碎，加醋、盐等调料，包成包子放进笼屉蒸；留下的一部分槐米加面粉直接做成麦饭；最后将剩下的一小撮槐米与鸡蛋清炒为"黄金蛋花"。经过烹制和调理的槐花，色泽由浅变深，独有的香味，随风飘至村外。那些以花入馔的日子，给生活平添了多少清雅朴素的韵味啊。

除却做成食物的味美，槐花可酿蜜，槐籽亦可入药。父亲平时侍弄着花草，捡拾装药材、装蜂蜜的坛坛罐罐，伺弄那几箱蜂脾。每年农历五月，槐花盛开，从棕黑色的小孔里，蜜蜂探出两根触须，微微晃动。下颚沿着小孔边缘转着啃咬，挤出半个身子。当薄薄透明的翅膀轻轻打开，蜜蜂开始它追花逐蜜的生命旅程。父亲用手托着蜂脾，赶往山坡的槐树林。

农家日月求丰足。父母渴望槐花期能打出几罐蜜，以维持自家之需，抑或送给亲戚、邻家婆姨以解人之急。对于蜂蜜的药用价值，父母有着朴素的认知。村里有个孩儿得了伤寒症，久医效果不理想，母亲用蜜汁与鳖甲、槐籽等一起熬炼，让其服下，一段时间后竟奇迹般好转。隔壁大娘胃溃疡多年，体瘦精神差，憔悴不堪。母亲自制蜜汁陈皮甘草膏，装瓶送给她。服用半年后，大娘竟痊愈了。母亲的善举表面看是做人的本分，而水乳相融的感情，以及留在心里的甜，却像蜂蜜一样，绵长而温暖。

那些年，蜜蜂嗡嗡鸣唱、父亲唤蜂的口哨声一直萦绕耳畔。口哨声贴着明洁的花朵，贴着低低的溪水，将我带至一个高远的世界。我仿佛触摸到蓝天，抑或一整条银河，或者宇宙的某一个秘密。我看见一只只蜜蜂停在槐花瓣上，以肉眼不可捕捉的速度振动着。透明的翅脉与蜂翼之间，隐约可见繁茂的槐花，淡淡的白。一种冷色调的神秘芳香，将整个山村裹进一个梦。

这是一个好奇童年多么巨大的满足啊。我总能在童年的间隙，沉浸于独有的感念之中。我期许院子和房屋永远笼罩在槐树的荫凉下，乡村大地日光流年，万物生长，民生富庶。期许父母在守与变之中，继续平凡的生活，守着他们的蜜蜂、槐树和土地，守着那份善良与坚韧。

五月的槐花恣意绽放，白色的花串垂落枝头，馥郁的芬芳渗入每一个蜂巢，蜜蜂倾巢而出，嗡嗡振翅声笼罩整片槐林。今年的蜂群比往年多出一倍，父母望着槐林，眼底充满期待与幸福。当蜂群围绕槐花盘旋，绕过灿烂的光圈而精准悬停于花蕊之上时，我们无不为这小小生灵惊叹——它们竟如此精通自然的奥秘。绵延的槐树林，与院角的老槐树隔溪而望，空中微风轻拂，暗香浮动。父母宛如花间的使者，默契忙碌、相互依托，为守护这份自然的馈赠，也为传承。母亲不时轻吮右手食指，不知是尝到了蜜的甜，还是被蜂蛰出了血。他们的面容隐在帽纱后，灰色衣衫仿佛凝固了时光，唯有帽纱随风轻颤，那么和谐地展现于画面中。

宋词有云："蜂儿不食人间仓，玉露为酒花为粮。作蜜不忙采花忙，蜜成犹带百花香。"这或许就是定格山村的蜂动图吧。蜜蜂的忙碌与父母的辛勤交织在一起，构成了乡村最动人的风景。他们的身影，仿佛与槐花、蜜蜂、微风融为一体，成为这片土地上最温暖的符号。

村庄大山连绵，没通公路之前，想把山货送出去，绝非易事。身背肩扛，长途跋涉，用双腿丈量"天路"，成为联络外界最原始的方式。"远上寒山石径斜，白云深处有人家。"——诗中幽深的山路与世外人家，乃山村与世隔绝的写照。而今通往外界的公路修成通车，终让"霜叶红于二月花"的绚烂，不囿于深山。明亮宽敞的大道如同给大山系上一条漂亮的腰带，而运送物资的车辆，又如攀爬在腰带上的一只只甲壳虫，载着希望与梦想驶向山外，曾制约乡村经济发展和村民出行难的境况一去不复返。

夕阳从西边射过来，映照在老槐树上，热烈、安好。树的年轮里，印刻着祖先的目光、父母的眼神，以及一代代人的成长、家庭的变迁，都那么明晰而含蓄。原来一棵老树、一朵槐花所深藏着的秘密，远比它倾诉的更多。

蜡烛有心还惜别，岂止垂泪到天明。山村的守望与自然的滋养，成全离别后的念想。我把故乡留下，也留下身后这棵老槐树青绿的叶、芬芳的花，还有明净的天空……

背上桃花

　　微信公众号《人物》两年前刊登过一张照片：一位中年男子头扎红巾，脚穿解放鞋，背着一树桃花颔首默然侧坐于檐下。点点粉红色的桃花与黄色的墙壁、冷色的地面互映，充盈盎然春意又弥漫淡淡忧伤，可以窥见到主人隐秘而复杂的心绪。

　　阅读长文，方知照片拍摄于湖北秭归三峡库区郭家坝镇。移民搬迁时，这名男子与生于斯长于斯的故乡诀别，难舍门前那棵正开花的桃树，小心翼翼地将它连根挖起，背着桃树走出大山。拍摄者为记录这一场景而按下相机快门。也许，人生中很多微妙又感人的画面，常常就隐藏于随手拍下的景物里。今天再看这张照片，竟如此悲情。因而对故园、风物、迁徙等词语有了更深的认知。那些曾经生活的场景、故人的心跳、岁月的脉搏，伴随主人几十年的啜泣，柔肠百转。留下"仍怜故乡水，万里送行舟"的喟叹，道出对故乡的眷恋与不舍。

　　一位网友留言："家山犹在，是眸中烟水，背上桃花。"

　　多年过去，重新凝视这张照片，发现它不但释放某种隐喻，也暗示生命的丰饶。它被时光恩宠，从容热烈，经世不变。而移栽后的桃树呢？必定安然于新家院落的一隅，蓬勃、孤傲，继续系连一个家的命脉。主人每年修枝、剪叶、施肥，挂果时悉心用牛皮纸包裹，等待长成，经过躬身树下的艰辛，享受快乐。试想，一个以树记载生活印记的主人，一定不愿触及过往，似乎想起故乡的一块砖瓦，一片月光，都会惊扰曾经的梦。这种意绪，幽凉淡然，在时间磨砺之后，不露声色。

　　如今，秭归郭家坝已深深沉入江底，并从时间的裂纹里断开。随之消失的还有乡镇的索道桥、学校、文化街，以及美丽的田园、恬静的村庄。伫立江边，视线穿过凝固的空气往下看，生命间相互抵达的通道闭合，一片模糊的世界。江水就像一位谦卑的旅者，以多年来未曾改变过的姿态，缓慢地流过这里。

　　轻薄的云雾，如一道屏风宠溺地将秭归新旧合一的渡口拥入怀中。远处山峰耸立，低沉的笛鸣穿过潮湿的空气，桅杆上的长条彩花低垂，仿佛悉数往事。侧目便看到岸边的字："行遍山水，心有归州"。不禁想起那个曾经仰天长问："吾以忠心，何至如斯境地？"的屈子。倘若他此刻穿越时空回归故里，一定会再赋《离骚》，挥笔《九歌》吧。阅读诗书之妙，只有到了这里才真正领悟江山天境、诗人广博。"秭归"寓意阿姊盼屈子归来，故为"姊归"，后为"秭归"。当汨罗江水漫过承载部族殷殷期许的古归州，屈原故里牌坊、屈原祠、石板路、吊脚楼、古城墙也远离了尘世。眺望静卧凤凰山怀抱的秭归新城，青山白云，江流如带，如一幅山水与城市交融的现代画卷。这幅画卷那么清晰地映照出三峡移民的内心独白和精神追求，展现他们对人生际遇的正视及超越。

"背上桃花"的新意，在于格高意远。它把三峡人的乡愁和情感，用最美的形式表现出来，诗意满盈。照片背后同时那么多拥有相似经历的人，踏上陌路，重启生活。这种"舍家为国"的壮举，何尝不是屈子"去国怀乡，志存社稷"的精神延续呢？

"离乡不再归，唯有带春离。""独往天地间，唯树吾相依。"

第三辑
落花时节又逢君

　　走近军地震部旧址，还能隐约感受到四周传来的悲痛气息。这种绵延的幻境与凝固的画面形成一种张力，让我悲从中来，泪由心生。堆叠记忆里的片片废墟，如初见的第一份备忘，早已被我读成课本里的历史；殒灭于瓦砾残垣下的美好，也已融为灵魂之殇。然而这一切又被莫名的逻辑分割，支离破碎中显得特别的沉重。就像刚刚抬头还见的太阳，不觉间躲进云层，投给这里一片阴影。

遇见最美的自己

当高铁驶进河北，耳机里随机播放的音乐正好是《回家》："我在岁月里改变了模样，心中的思念还是相同的地方……"透过车窗外快速经过的金黄田野，竟然生出依稀的乡愁，找到一种久违的归属感。

踏上唐山的土地，有久别重逢的亲切感。沿南站西行进入建设南路，商厦、宾馆、街区、住宅楼次第呈现。新华道、国防道纵横交错，繁忙而井然。广场上屹立的抗震纪念碑肃穆而壮观。昔日的新市区、空六军军部旧址、4路公交车站台、照相馆等全然没有了痕迹，只有文化路两旁的粉色月季小心翼翼地开放，凤凰山公园高高矗立的凤凰亭，依稀还能看到旧时的影子。

凤凰山下有一家清心茶社，藤蔓垂过屋檐，闲适幽静。倚窗而坐，口中流过十月的醇香，连杯中香茗兑开的一小段光阴也变得立体而有厚度。侧目便看到凤凰山峦色彩斑斓，层林尽染，那座散逸着舒和气象的八角凤凰亭上，淡淡的夕照映衬出历练后的沉静，风华后的旷达。不禁想起"晴空一鹤排云上，便引诗情到碧霄"。也许这里就是唐宋绝句起承转合之间最值得留恋的深秋吧。

于我而言，这里不再仅仅是深秋的斑斓，还有春的浩荡。在这炽烈的红叶季里，心中依然渴切地向往曾经的一片青绿。你看公园内的行者、舞者，都舒卷成一幅幅图案，就连门前的白色凤凰石雕也有了脉搏呼吸，挂着展翅的吟笑。循着山下游廊、牡丹园向山上的亭阁登攀，春风早已踏过窄窄的山径，阳光变得明媚起来。四周山色葱茏，花枝正烂漫。摄影师以凤凰亭为背景，用神秘不可喻的节拍，将年轻女兵连同春天的第一缕阳光摄入镜头，呈现的是何等秀丽的容颜。这是十八岁的我吗？这恣意的欢笑，就是青春飞扬里的云容水貌吗？这回眸娇态隐藏的欣喜，就是把美好岁月拈在指尖调笑又调笑吗？都说人生三千青丝长，是一把握不住的年华。然而今天却只在意心中的日月。秋天消解了凤凰山的青绿，但心中的绿还在，她固守我命里的一方水土，无论哪个季节，都郁郁葱葱。

还记得续写《紫草坞，梦中的烟霞》，真实地完成重回军营的温暖之旅。文中的景物与眼前这般重合，似曾相识。至今想起还恍若穿行于写满军营故事的页页流年里，沐浴着最干净最温暖的阳光。打开帧帧黑白照片，从熟悉的景物里，还能看到那些流连的日子、曾经燃情的岁月又迈着正步向我走来，清晰而丰满，真实而鲜活。不知道照片里的战友沉着、专注的神情是与什么对视？与时光？与自己？

红叶随风轻落公园水池边，形成一片零散锦绣，"霜叶红于二月花"的诗句萦绕耳畔。秋叶胜过春日红花吗？我以为不是花与花的比较，而是人与红叶的关系，如同清风与万里秋。当年生活在唐山的军人，无不对这座地震幸存的公园和凤凰亭有着感情的寄托。那时的一个转身，就能将凤凰山的亭阁、树林、青石，连同万千缠绵置身于画面。女兵们演绎着李清照帘卷西风的飘逸，男兵们迸发出岳飞横刀立马吟唱《满江红》的豪情。哪怕地震之灾，艰难困苦，骨子里依然流淌铿锵玫瑰、铁血男儿的力量。今天你们的相册里也一定珍藏着这张照片吧。有这张照片作证，年龄不会老去，思念就有依靠。若有朝一日你捧着照片走过凤凰山，一定能相逢最美的自己。

跟随旧景，不忘初心。这张与毛玉萍、李荣淑的合影，暗合战友同侪深情的主题。画面虽已遥远，却依然清晰兀立。至今还记得拍照时"嫣然一笑竹篱间"的羞涩和浅淡，以及按下快门时的心绪。多年后，从眉宇间却读出自足与素心，还有别样的清丽，宛如《幸福像花儿一样》里那个朴素的小新兵。那时，曾用打字机打出："海棠不惜胭脂色""一堆红雪媚青春"，恭敬地贴在笔记本里。这些诗句中的意境，正是年轻女兵身居严格的军营所最向往的浪漫。

那年离别唐山也是深秋时节。站在唐山火车站月台上，秋风吹散头发，吹干了脸上的泪水，我抚着胸口问自己：该如何与这座满目疮痍的城市依依惜别？那时，我还不知离别的深意，也不懂得分别的愁绪。只是理解生存本身与价值，却从未追问所处时代的对错。我明白，人生并非总能自己选择，世间的许多事情自有它特定的运道和规律。因此，我感恩每一次的相遇，也坦然接受每一次机缘的安排。

感谢时光，让我回到唐山与年轻的自己重逢于凤凰山下，郑重地向青春告别。

感谢军营，让我在失落中彷徨和挣扎，成长和成熟。在此写下心灵文字，只为把往事留存，让久远故事凸显，让承载过往和未来的这块土地多一份情怀。如此，生命也因此而变得与常人迥然不同。

随着岁月的更迭，凤凰山公园旧景渐渐隐去。随着城市化进程的不断推进，连接军人集体情感的公共空间已变得无从可寻。数码照相更新换代，凤凰山公园照相馆已悄然隐退。那些温润古朴、细腻而又真实的黑白照片，只能永远留在年轻时代。如今满眼的美女照片，光彩而张扬，面部表情经过 PS 后生硬而突兀，缺少真实气质和秀丽之美。庆幸拥有属于自己的时代，属于自己的宝贵珍藏，以及自立沉着的内心。这些黑白照片不仅温暖冗长的日子，也成了从彼到此的时光印记。或许当时拍摄这些照片时，并没有想到它们存在的意义与潜藏的诗意，乃至时光带给的奇妙启示。直到今天徘徊在这廊檐下，站立在这斑驳锈蚀的八角亭旁，才真正明白它的意义，以及那份值得捕捉与追随的永恒。

命运，只许给我与唐山一段短暂的光阴，此前不曾来过，此后不再拥有，一生仅此一次。

若有一天，乘坐的列车向北而开，沉得满厢尽绿，我微微仰起头，嘴角多了一丝笑意，那一定是回唐山了。

落花时节又逢君

深秋，怀人的季节。

我独自行走在唐山市新华东路，两旁树叶随风轻扬，在空中划出一道优美的弧线，然后无声地飘落，凝结成片片忧伤……

走近原空六军军部旧址——我们曾经的家园，依稀还能捕捉到那些在地震中失去生命的战友的魂兮，还能隐约听到四周传来的悲痛气息。这种绵延的幻境与凝固的画面形成一种张力，让我悲从中来，泪由心生。堆叠记忆里的片片废墟，若如初见的第一份备忘，早已被我读成课本里的历史；殒灭于瓦砾残垣下的美好，也已融为灵魂之殇。然而这一切又被莫名的逻辑分割，支离破碎中显出特别的沉重。就像刚刚抬头还见的太阳，不觉间躲进云层，投给这里一片阴影。

沿着文化路南行，屹立在广场的抗震纪念碑肃穆而壮观。我不由得放慢脚步，轻轻地，别惊扰长眠于此的战友的清梦。凝望纪念墙上镌刻的空六军阵亡者的名字，一排排，一行行，像广场边盛开的朵朵白花，阵风吹过，悠悠地淌着泪。此时落日赋予它柔和的夕照，将它涂抹上一层淡金，凝重、沉默。

冥冥之中的命运残忍又玄妙。隔着厚厚的石碑，隔着遥远的时空，隔着数不清的苦涩的日子，多么祈望他们能够悠然醒来，对我颔首微笑，轻问女士贵姓？今夕何年？

故人今尚尔，叹息此颓颜。

长眠于此的战友，与我有过一生之约吗？许诺过燕山山峦的重逢、渤海之滨的欢聚吧？不然我怎么会在深秋之日独自驻足唐山曾经繁华的新市区，打听曾熟悉不过的营区，抑制心中的企盼，等待那份深切而又可预知的失望呢？然而，无形的灵敏之境，却有一种至亲至爱的永恒存在，自由穿行于阴阳之间，得以沟通。我仿佛听到他们轻声细语，诉说着如何默默相系相牵、共同经历无形生命的周始循环来表达对灾难的悲悯、对自然的敬畏。我仿佛看到这些战友还在执行军务行进的队伍里，驻守在空六军辖区的疆土深处。尽管天荒地老，秋风凄厉，他们依然年轻。身着六五式军装，威武、英俊。他们与这片土地融为一体，坚守一个时代的荣光。

人们常说，若一个城市令人念念不忘，大抵因为这个城市有深爱的人，或者有一去不返的青春。是的，四十年的日夕流连静静地推动时光流淌，已把太多无法安放的哀伤融入这面纪念墙和这块灾难的土地。在我的心中永远留有一块属于自己的领地，无法修复，也无法重构。那里藏着最深的记忆，年复一年地寂寞等待回归军营、会晤魂归于此的战友，相逢年轻的自己。就像B小调《雨后》，以及"西风老树卜人家，池塘边的落落野花"的凄美意境，沉湎其中，长久地喟叹和沉思。

这次"寻根之旅"，已经无法细致而精确地勾勒出我与新市区之间的关联，也无法从不同的维度重新寻找昔日军营生活的轨迹，以及空六军军部旧址的痕迹。站在文化路鳞次栉比的商铺前，与店主交流。大多数成年人不愿提起这座城市震前的安逸和震后的惨烈。从话语中捕捉到他们"修身齐家"的理想与"止于至善"的追求，唯独老年人愿意谈起原驻守于此的空军部队，以及灾后军民帮扶的点滴。作为至今仍然被谈论和忆起的军人，自然喜不自胜。随着城市建设的推进，连接军人集体情感的那些公共空间已无从可寻。但我相信"无明所系，爱缘不断，又复受身"，这源自《阿含经》的句子，或许提醒着这个一来再来的地方，就是与自己解脱不开的缘吧。

那天，我坐在凤凰山下的特色酒店，窗外寒风瑟瑟，炉子上砂锅咕嘟冒着热气。闻着香味，就想起战士大灶清一色细长的大白菜、宽粉条、切得粗细不匀的土豆丝，舔舐着各种思绪，一下子觉得很温暖，很怀旧，很归根。陪同聚餐的战友来自航空兵24师，其中竟然有一位原在空六军军部的战友——放映员小张。意外相逢，喜出望外。酒桌上，一起谈起党峪寒冬之夜坐着小马扎看露天电影的情景，说起电影组小黄笑眯眯的模样以及同侪的友情，说起机关食堂烙饼时站在案板旁一双双垂涎欲滴的眼睛；也说起窗外的果树，山上的酸枣，以及云雀欢快的叫声……土坯的防震棚、地炉子，凸显独有的温度，温暖震后的那些日子，并化为藏匿肌理最里层的记忆琥珀，散发只有军人才能看到的光芒。同在部队的旧时光，总有无数话题让彼此微微一笑，一种穿越而来的感动无以言说，不用畅饮且已醉了。我以为，不是每个人都有机会相逢，也不是每个人都拥有自己最闪亮的日子。就像这杯中醇酿，只有经过时间的沉淀，才能获得明亮的色泽和浓郁的陈香。由此掂量出战友相聚的分量，也体味到战友情深的快乐，更看到年少时未曾察觉的单纯。

曾经，最珍贵的个人活动：回忆、怀旧与寻访。今日所到之处，无不蕴藏着过往的朝朝暮暮。停下脚步，俯身倾听慰藉，小心捡拾，一幕一幕回放，细密的心思便有停下的理由。至今仍然真切而清晰地记得新兵刘谦在余震之时表现出的惊恐万分；记得军部卫生所林越所长因地震失去亲人后的沉重背影；记得守机班、载波室那么多女兵因地震而留下身心上的累累伤痕；记得经历天堂、地狱、人间三部曲的首长、干部、战士无处安放的悲伤。战友仍在空六军战友网书写的篇篇震灾回忆录，像一个个军人侧影，安于记忆深处。其写读过程，是思维再凝结、心灵再创伤、人生经历再回首，最终成为文字记录。那幅挂在空六军战友网上的手绘"军部旧址示意图"，精雕细琢，昔日重现，有多少深沉的爱与感恩在其中啊。就像一首歌曲所唱："多想和从前一样，牵你温暖手掌。可你已不在我身旁。时光慢些吧，不要再让你变老，换你岁月长留。"这一幅幅精神影像，一件件铭心往事，一个个熟悉人物，一句句暖心话语，如终究难舍蓝蓝的天那样触及灵魂，左右对事物的判断，以致离开部队后的漫长日子，终究没能选择安淡从容的生活。军营的点点滴滴，寓言般牵绊、困顿、自扰。意识到这一切其实就是映射，拼接起来，就照见了自己。

几乎，所有经历唐山地震而幸存的军人，都因感念在此铭心的日子，来这里追寻，抑或凭吊，触及忧郁的感伤，言不尽义的悲壮。军人的情感，往往只有军人才能真正懂得。他们因相同的命运、相仿的生命，而彼此共鸣。因此虔诚地将"7·28"定为新生之日。

行走秋风萧瑟的唐山，与空六军军部如此之近，却又如此之远。就像脚下这条铺满记忆的新华东道上，留下多少军人的足迹，只有这条路知道。想起一句禅语：你来过，风会记得。哦，已是夜晚，唐山的路灯迷离，月季花香馥郁，把秋风调和得如此温柔，寒冷也倏然消散。

从这里遥望军营

很早醒来。窗外升起晨光。远远的山峦，湛蓝的湖水，浅浅淡淡地闪烁着谜一般的光。眺望天际清晰而模糊的一弧银白，我恍然发现自己还在醉梦中，犹如一位领略部队荣光而凯旋的战士，有着体验回归军营的厚味，也有实现故地重游的满足。

几天来，思绪还留在战友欢聚的热烈气氛里，不知不觉对它平添几许温情和感动。我会想起背景墙上"庆祝八一"的横幅，想起组织者梁海深情的致辞；会想起茅台酒留在唇齿的芳香和醉入心底的畅然，想起茅山夏日的紫薇花，把半岛酒店里的战友情掩映得温暖而火红。

也许，今日的圆融，就是彼此心会的期待吧。因为八月永远属于军人。见过老部长、老连长、老战友，总觉得熟稔到无法言说。就像军装上的线脚，既有的经纬格式一样，注定相遇相牵。其中的缘分，不知深藏着怎样的奥秘呢。我用记忆还原自己，回到部队生活的时光，那些心心念念的美好，又有声有色地充塞这个多情的夏夜。那个年月，眼前的他们谦逊和蔼，庄肃严谨，自有"抚栏看剑，选胜登临"的豪情。他们站在高出我这个新兵心跳难以触及的天空，灿若星辰。想走近，却如登山望月，月在远处。然而，他们与生俱来的格调、气度却深深地影响着我，并给予我良好的教益与启迪。多年过去，自己已有足够的年岁来懂得他们，而多少日子随风而散。今日欢聚，感慨都消融在美酒中，幻化在笑谈间。就在将斟满的美酒一饮而尽的瞬间，我才发现作为军人的意义。这一杯茅台酒里，有依他如父的厚重，也有尊他如兄的亲密。它以游历白酒之外的别样情感，在心里扬起难以忘怀的故事。

十年前，一个美丽夏日，"八一"建军节来临，我欣然收到梁海的邀约信息。那天，我读着手机里的信息，走在鼓楼大街上，两旁的槐花开得正盛，散发着清香。多年过去，那一刻的兴奋依然历历在目。从此，"八一欢聚"已然成为惯例，一年一度，成为共享俗情，并以一种宝贵的重量沉入心底，甜蜜而厚重。

半岛酒店院内的紫薇与南京鼓楼槐花的馨香交织，节点分明，隐隐展开，透着十年岁月不经意间的传递。渐渐地，它们把流年光华典藏于赏花人和与会者的心底。其中的秘密，或许只有亲历的人才能真正懂得——那是时光的馈赠。

我敬重梁海由此而来。

《和平年代》里军人秦子雄说过这样一句话："有一种人面对生活潮流随机应变，另一种人以不变应万变。"梁海属于后者。他用对军营的热爱与忠诚，保持军人在和平年代里的纯粹精神与思想。然而，在改革开放下部队转型、国家经济转轨的大环境中，军人也被推动着大胆而深刻地进行全新的开掘。梁海就是这样一位开掘者，一位自主创业的转业干部。

三十年来，梁海创立的"江苏华海汽车集团"在平实诚信中发展壮大，而"担社会责任，树企业长青"的企业价值观始终不变。梁海说，每走一步，都有深刻的寄托。就像人生转折时，试图在一个相对集中的题旨中，找到视角和窗口。因此，我不想追问他一路走来的艰辛。曾经在 CEO 课程中听到一个关于"商人与士兵区别"的故事：士兵以服从命令为天职，子弹打到最后一颗，也必须坚守阵地；而商人则处大厅内，随时注意哪个门能开，一直寻找流动的机会，不断进出，以此获取最大利益。梁海双重身份的背后，不仅隐藏强大有益的沉稳定力，同时也强化了自己的比较优势，而这正好与商业模式和现实市场规则相符。若策略定位无偏差，定然能实现理想的预期。今天回溯这些，也许只剩下一些模糊的片段，却能感受到他的淡然，仿佛所有的曲折都只是生意场上必须经历、然后再忘记的时刻。

龙年春节，我第一次来到华海集团。窗明几净的层楼，清丽典雅的办公室，井然有序的工作间，都给我留下了深刻的印象。尤其大楼门框镶嵌的"江苏华海"商标，无不引起我的好奇和联想。细细品味图标简略而流利的线条，像字母，又像几何体，蕴含智慧的光芒。图标的水平线与倾斜线相互交叉支撑，具有较强的方向感和力度感，给人以稳定的视觉。左下平行排列的字母，细密勾勒的线条形体，艺术情感浓厚。经由这个截面，深入汽车人的细节，看到他们的精细与匠心。那些求实奋进的美誉和财富，或许旁人无法言说。我从梁海微笑谦和的举止、内敛中潜藏的干练和言语中看到他对问题剀切的判断和分析，以及"运筹帷幄之中，决胜千里之外"的气度，不禁想到军人的"指挥若定"。然而，他对员工的体恤与关爱，又忽如阳光倾泻，让人感到温暖。那些领悟过他的管理技巧、充满商业玄机的部署的人，从心底流出的赞誉，就是最真实的感情表达吧。

徘徊在新旧时光中的我，有多少美好的记忆来自部队，来自华海集团，也来自如今梁海建立的"战友亲密社区"。流连"华海"主页，有多少感人的画面来自慈念善行的洗礼。那些承沐恩惠照拂的汶川地震灾区、台湾灾区，以及心脏病患儿，无不感受到华海集团的四季花雨。国难当前时的凝聚力，体恤弱者的利他精神，以及融合军人毫无功利的质朴，就像南京大明路的银杏树，既奉献了果实，也给了秋天以浓烈的金黄和温暖。

和平年代的战友情，值得相守什么呢？战争时期，军人决绝坚韧，战友间是生死相依的呼唤。然而，春和景明之时，从眼前的军人身上，却能寻觅到最鲜明性格与人物特质。如此，十年来，我们一直随缘聚会，践诺美好约定，每次的记忆都深刻绵长。收获的不单单是梁海的剑胆琴心，还有与会军人的侠骨柔肠。他们拥抱并融化绵延的传统因袭，以军绿色调再现战友情深，并将二者贯通，体现出独创。那些熟悉的场景，温暖的往事，一件件连缀起来，循着心音，便从这里遥望军营。

窗外斜倚的紫薇兀自开着，把半岛酒店的欢乐场景小心翼翼地珍藏，连同杯中的酒，酒中的泪。我轻轻披上新买的军绿色风衣，在明艳的绿、黄昏的绿、合欢的绿里，怀旧着，青春着。

光阴覆盖的洪湖

今年秋天格外朗润明秀，有藏在风里的欢喜。因为去了美丽的洪湖，身上聚集的仙气久久不散。以致今日提笔，仍沉醉在那片风景里。此时，清风携着荷花的馨香翩翩来到身旁，轻声问我是否还留有温软记忆？我笑而不答。此刻，天上圆月，地上醉花，也因洪湖的清风拂过而充满诗情画意。

第一次聆听"洪湖水，浪打浪"，我还是小女兵呢。那天午后，清脆的哨声划过营区，长长的队伍朝大礼堂走去。两旁小树晃动的影子，墙边缠绕的紫藤花，都伸出枝叶助我脚步轻快。殷殷期待之心，拳拳可见。电影《洪湖赤卫队》刚刚解禁，端坐观影的军人个个神色肃然，只有湖北兵的我喜不自胜。当"洪湖水，浪打浪……"的曲子响起，浓浓的家乡情韵盈怀而来。温婉的小调，清亮的嗓音，更觉悠远绵长。尤其那句咬字保留湖北的汉腔："太阳一出（qu）闪金光"，把我的思绪从粼粼的湖光拉回现实场景，虚幻与现实彼此交织、蜿蜒，组合成一阕关于时间与空间的乐章，同时也衍生出现对洪湖的深切向往。思忖那片神秘的水乡泽国，以及"野径云俱黑，江船火独明"的背后，涌动着怎样的"春水碧于天，画船听雨眠"的渴求啊。《洪湖赤卫队》生动的情节，浓郁的地方音乐风格，以及鲜明的洪湖烙印，不仅满足视听亲切感，也获得军人的喜欢和共鸣。"这一仗，打得真漂亮"的融融画面像流水的歌吟，萦绕其间而源远流长。革命先辈为保卫红色政权，将热血和生命洒向洪湖的殷殷土地。然而，最令我牵恋的还是影片中与敌人周旋、战斗的湖汊、芦苇丛。它们巧妙隐于曲岸水口，迷离扑朔又自然有致。如此天选之地，或许早已鸥鹭泛起、荷花繁盛了吧？

时光荏苒，四十年如白驹过隙。青春时期心心念念的物事，何以安放？常常喟叹之余，往事纷至沓来。捡拾时间过滤后的片段，慰藉自己的感伤。遥想洪湖的潺潺水声、桨橹欸乃之音、千亩荷塘的片片香红，模糊虚化而落入梦中。今秋，有幸沿着岁月的车辙，兼程长途辗转成歌，终于与年轻的自己相逢于洪湖，完成心灵之约。

车窗外不时闪过的树影，衬托一座座白墙黛瓦的庭院，清新如水墨般的画。那些岁月凝聚而成的湖泊，如长堤般绵延，整齐而有序，透着江汉平原的富庶和秀丽。满眼的荷花过了繁盛季节，少了世俗的喧嚣，格外简静华贵。古诗云："秋荷独厚时，摇落见风姿"，不正是秋荷凝练的思索，如佛般若有似无地拈花一笑吗？

湖水鼓荡，似拍手欢迎远行抵达的客人。换乘的小船驶过洪湖壮阔的水域，抵达隐藏深处的湖坻。油绿的水浮莲，簇拥着肆意生长的荷，更显碧叶接天的盛大气场。我不禁感叹大自然的神奇。无际的荷花绽放高端，又明月般低垂，好似佛祖再生。摘一朵粉荷擎于头顶，花瓣透明得像回不去的年少时光。侧目便看到一支枝叶枯败的荷，风骨凸现，最后悄然回归淤泥。生命隆重与凋零，竟那么自然而然。采撷莲蓬装入船舱，顿悟此乃多少水波的吻痕，才有莲子的圆润。而寻觅或钟情的，岂止最纯粹的饱满？手剥一颗莲子品尝，口味醇厚，不像夏天时那般单薄和清浅。远处几株褐色莲蓬显得遗世独立，莲子深嵌蓬房欲说还休，看着实在心爱，遂摘下带回收藏。而那朵百媚的粉荷，那支立于水面的叶，还有那株如镂空艺术品般一碰即碎的残枝，恰如时间给予生命的体贴与褒奖。

太阳照耀水面，反射出银色的光芒。端坐于秋风乍起的小船，说不尽的惬意。悠长如永生的刹那，美好如斯。蓝天清透高远，小船独自前行，身后留下一条笔直的线。水浪不惊，水鸟飞起。向东而望，湖岸线像一条阔大的半弧形甚是壮观。树影、房影倒映在湖中美不胜收，侧目便看见"洪湖生态园"的标识，像在此等候多时的朋友向我走来。

上岸穿过景园大门往里，就进入十里荷花带、万亩莲藕区。秋荷田田之上架起的长长栈桥，流动的红绿蜿蜒到天际。伫立在堤上的观荷长廊，可眺望邈远的湖景。行走九曲采莲廊，"千里红荷陌上柳，苍穹尽在水中游"的画面徐徐展开。对岸传来"洪湖水，浪打浪……"哦，《洪湖赤卫队》大型水上实景演出开始。

置身演出实景之地，聆听熟悉的旋律、熟稔的台词，恍然被某种力量牵引着，不由得进入奇妙的时空之旅。阵阵热浪扑面而来，壮阔的湖面、激烈的枪声、划动的船只。"勇士萧萧歼敌虏，旌旗猎猎卷西风"，一幅战斗画卷拉开序幕。饰演者的心境与情节得以碰撞，空明澄澈、亦真亦幻。旧版本的语言在"二维平面空间"的形式之外，新版本的语言因时间性因素而得到另一种提升，犹如电影的声画同步，达到不露声色的融合。剧中每处场景都承载不同阶段人物命运的变化交替，而时间与空间织就的经纬线，古人、今人尽在其中。穿行历史册页，见众生、见万物、见自己。洪湖赤卫队的红旗飘扬头顶，哗哗作响，将我从剧中唤醒，恍然不知身处昔日，还是今朝呢。记忆覆盖记忆，像眼前湖面下一层覆盖一层的残红。原来洪湖之美，就藏在历史的沉淀里。那些灿若星河的名字：韩英、刘闯等，就穿梭于这一片荷花带和芦苇中。

沿着杨家场小道前行，一路依旧荷叶田田，绿藻漂浮，小船悠悠。西斜的光洒进荷塘，映照荷花丛中那些摇橹采莲、歌吟而过的坚韧女子。所谓"小舟一叶，长竿一径，吟咏啸歌，不失故吾。"即这般情景吧？朗朗秋日，值得留存这样一幅长卷。朝阳与晚霞更替，天地时序自有规律。荷，终将褪去风华被光阴覆盖。然而，光阴覆盖的岂止是荷呢？还有采莲女及如我昔日般美好的青春。如此，美与伤，乃红楼大观园由繁华走向落幕；亦苏轼梦中，故人犹自"小轩窗，正梳妆……"山川冷，万木疏。哪像这篇怀旧文字里的荷，锁定在时光记忆中，悄然绽放，弥久历芳呢？

柏油路的尽头，一座被百里荷花宠溺怀中的小镇——瞿家湾呈现眼前。走进这条油亮光滑的青石板路，革命旧址次第排开，好像在向游人娓娓述说那段峥嵘岁月。清一色的灰墙玄瓦，古朴典雅。隔着檐牙飞角，可见被切割后的天空，淡远而深邃。明清的飘逸之气，衬托出历史的底蕴与厚重。

这条街建于明朝后期，晚清开始繁荣，"恒顺""天成"两个商埠闻名遐迩，铁匠铺、竹篾铺、糕点铺等生意兴隆。土产及耕种交易，方圆百里的物资集散都在这里进行。百年沧桑，百年巨变。如今，老街已基本清空，作为文物保护起来。

往里走别样幽静，一抹敬意涌向纵深。首先映入眼帘的是红军将领"夏曦同志住室""中央分局会议室""永远的丰碑"陈列室等。门扇不大，木质隔板黑红油漆十分醒目。会议室木桌的格子、回字形雕花，细节斑驳，透着原始的古意。陈列室镶嵌的照片、名单、字画、歌词等，永久保存凝固的往事，记录着贺龙、周逸群等寻求真理、追求真理、探索真理的节点和历程。他们以洪湖为中心，开辟湘鄂西革命根据地，在中国革命史上写下浓墨重彩的篇章。仰望之间，我不仅感受到传统精神的回归，也体悟到正脉的伟大力量。

　　踏过窄窄的通道到后院，就进入另一片广阔天地。大型壁画上"中国工农红军第六军"的旗帜熠熠生辉，正中平放着毛主席关于"洪湖游击战"的读本，为观者打开一片身处喧嚣而凝神静思之地。对历史的回溯，具有新的红色文化内涵，又赋予新时代的意义。站在这里，自觉接受红色文化的洗礼，了解这座充满红色基因小镇的传奇，无不为革命先驱的理想之崇高、家国情怀之炽烈，以及那些歌词的吟咏、字画的写意而深怀景仰之情。

　　这里的一切异常恬静。岁月涵纳老街的古旧与厚重。战争年代折射的图腾留下时间节奏下的思考。百年峥嵘，百年故事，不仅唤醒现代人的历史意识，也深化年轻一代的自我认知。相信这里潜藏的革命精神，会吸引更多观者走近，尊重、敬畏。

　　驱车环湖绿道，仿佛行走于洪湖的玉带上。车里音响吟吟地复唱"洪湖水，浪打浪……"洪湖就这样被留在身后。

时光·简笔

秋日的古城静谧。层层的桂花香一波波涌来，荡漾着金色的富贵气。大哥大姐深掩金粉般的宁静，用花的语言和颜色，定格整个画面，俨然一幅花神寄语图。

见到大哥正值这样的季节。

大哥军人出身，俊逸潇洒，穿一件白色衬衫，两只袖口挽起，露出雪白压边，随意又舒服。他微笑着，茶杯里的波纹全荡开，那么平静。不大声的言语里，语速缓慢平和，自有一种内敛低调，总让人想到指挥若定。这不，原空军航空兵某师司令部联谊会在金陵举行，作为师第十任参谋长，他事无巨细、事必躬亲。

联谊会其乐融融，多年战友聚集一堂，说不尽的旧事，道不尽的今昔。可谓：十年相逢如初见，明日秋山又几重。翻看聚会照片，我默默地想，为什么桂花绽放于清秋？这花与人有着怎样的契合啊。若将桂花的更迭与战友别离联系起来，重逢便显得尤为深邃和绮丽吧？然而，自然界的"薄醉"又岂止这些呢？就像此时，望着帧帧照片，脑子掠过的却是另一种林间秋色，飒飒风声。

耳畔《我爱祖国的蓝天》的曲子悠悠响起。舒缓的旋律，将思绪牵得很远。我仿佛听见大姐的嘱咐和不舍的叮咛，简洁的音波，载着爱的沉吟，就像大哥驾驶战鹰飞翔，在天空划出的一道道彩色弧线。

我喜欢说，青春时期接触的人，就像初恋一样让人刻骨铭心。至今仍然能真切地感觉到他们的某种期许，热忱如常的凝视，传递一种不因时势变迁的军人力量。那些系念时间界限的人，仿佛都在重复过去，融会贯通着现在和未来。

记得那年新兵连训练结束，我来到航空兵某师观看飞行演练。深冬时节，天气格外晴朗，能见度极好。习习的风吹起，周边空旷的田野被掠过的翼影拂拭成黄色。停机坪上战斗机严阵以待。飞行员登上高高的架梯，跨入座舱。飞机起飞前的轰鸣震耳欲聋，就在腾空而起的一瞬间，我感受到天之骄子的伟大，心也随

之飞向蓝天。

黄昏时分，斜阳挂天边，余晖跃动，为外场增添了一份宁静的庄严。飞行员矫健地走来，头盔上的红五星在晚霞中放着红光。他们微微抬头，目光如炬。哦，原来天底下竟有这样的永恒形象存在啊。

大哥：那位飞行员就是你吧？你的从容淡定让我第一次见到你架机飞行的模样。正如《未来文学备忘录》所说的"清逸"：越过熟悉的现实边界，飞翔。多年过去，我仍思索着观看飞行演练的意义。它不仅是女兵军旅生活的"底座"，更是时代的"灵魂课"，细节虽小，小中见大。其内涵不言而喻，其中一定隐藏着这一代军人非常独特的精神秘密吧。

80年代，一个黄金时代。军人读同一本书，言无不尽。理想在军营的青埂上欢欣跳跃。曾经与大哥大姐共同走过军旅岁月，那些关于军人与家庭、军人与荣誉的思考，再次浮现心海。大哥从教练机到新型高速歼击机，在两分半钟内完成10个空战动作，交出圆满答卷。正如《试飞英雄》等文学作品所描写的军人，带给人深深的感动。他们不仅是实战化训练，而且也是勇气、智慧、毅力的象征，彰显了积极的人格特质。从中我读到两个字——高贵。所以在大哥心里，蓝天与大地同样深重，还有纯粹军人的傲气。而我今天要简笔书写的，不仅是他飞行的传奇，还有那种经常在生活中反复出现，却向来不会透露和陈述的情绪。我只想从一个小小的侧面，揣摩他的内心，从中体味不同寻常的意义。

时光不动声色，隐藏在大哥飞行的背后。

那年春节，我到部队休假，因为专业考试需提前回南京，便将女儿托付给大哥大姐，以此弥补他们的女儿佳佳不在身边的遗憾。说起佳佳，他们泪由心生，多少情难以表白。从小生长在南京外婆家的孩子，就像《小小飞行器》里的小朋友。飞行器就是她的海市蜃楼，梦中的爸爸妈妈。童年所有的美好想象、迷人色彩，以及遥不可及的温暖和幸福，都装在里面。

军人，人们有着充满敬意的评价：最可爱的人。对于他们的职业素养，也有发自内心的赞佩。殊不知社会和家庭责任的背后，每个人都要付出不同的代价。大哥大姐从冰雪覆盖的平泉场站，到夏阳酷暑的遵化机场，再到春和景明的杨村机场。年复一年，日复一日，不知度过多少个春秋。每当大哥飞行返航，大姐总是深情地等待。在大哥眼里，她就是"望美人兮天一方"里的美人。在大姐眼里，他就是她生命里的高山。

时光对岸，佳佳与外婆相依陪伴的日子，温润生动。光阴像她白色衣裙上滚落的珠子，圆润柔和。那些和小小精灵睡觉、空气里的细微呼吸、眼睫毛上留存的泪痕，还有来自遥远北国父母的牵挂，以及梦里都能听到的小小飞行器里的歌唱。这一切构成女儿成长的片段，珍藏于那个回不去的岁月。

夏日黄昏，南京和平路的花园，绿树林荫之中，佳佳牵着一串长长的纸鸢，蹦蹦跳跳地玩着。黑而柔软的头发，齐眉的刘海儿，小小的她神情满是欢喜。外婆说，每一个充满仪式感的日子，都是一种致心于美的过程。然而，打理孩子的衣食住行，还有学习教育等琐碎事务，该有着怎样的不易啊。小小孩儿是否也渴望母亲的裙摆拂过她小小的脸庞，轻轻柔柔地；父亲的眼睛扫过四季，带来温暖、神秘、勇敢与坚毅？

那些年，大哥大姐工作之余常想什么呢？想等到 21 世纪，电脑通信改变人类的交流方式，小型扑翼机扇动着翅膀飞过山峦，高速列车穿过崇山峻岭，未来的孩子都能在爸妈的身边……这是怎样的一段关于孩子的故事啊。它如同小说《沧桑》般的种种不易和爱的深沉，如同散文《禾木星空》，仰望星空的时刻必定进入过一个非同寻常的高处，夜色凝合长长的思绪，那样蓬勃而深远。如此，大哥默然写下两万多字的飞行员训练教材和飞行技术论文，记录改装"歼—8"战斗机的经验及感悟，以及那个时段的工作和生活，但请你一定相信，那厚厚的纸张背后，也藏着他对女儿深深的歉疚吧。

时光荏苒。一九九七年夏天，我带着女儿再次来到大哥大姐位于杨村机场的家。故地重游分外欣喜。佳佳与外婆也从南京到这里休假。佳佳已悄然长大，安静地坐在那，就像一朵洁白的青莲。窗外的光阴汩汩流过多少年，也恍然不觉。太阳斑斑点点洒落帘后垂下的藤萝，如印上的暗花，摇曳生姿。外婆深秀，举止安和，她侍弄着花草，花白的头发闪着光。她转身忙碌着，为我们做饭炒菜。那个年月没有绞肉机，剁馅儿是件很麻烦的事儿。外婆刀落砧板笃笃不间歇的声音，无比温暖。至今我仍然记得她做的馄饨鲜香味美、肉圆软糯嫩滑。唯美的色泽，面上漂浮一层薄薄的油花，碧绿的葱碎，二者相逢，那就是金风玉露啊。鲜香之外的柔与韧，给予我丰富的享受，那只烫金的花瓷碗上，想必还留存着外婆指尖的温度吧。

外婆一脸喜气，安稳得像年画。她从不认为亲情需要通过时光来证明，总说真正的亲情需要有存放的空间。在我的心中，外婆就是上帝派来照顾大家的天使。所以母爱今天对于大哥大姐来说，不能轻易碰触。当我们沐浴她老人家的恩惠，享受其暮年的给予，便深刻理解和尊崇了母爱，且如此深长。

大哥依然那么忙碌。他身边围绕着匆匆来去的参谋、干事、助理，唯有女儿的笑容是那个夏天最温暖的点缀。

曾有人说，大哥最富有开拓精神，同时又是创新群体中最具有稳定观念的人。庆幸部队有他志同道合的战友，彼此相引相扶。歼击机追赶着时间与岁月，命运追着情感与人生，一切的变数都在日常中悄然演绎。大哥心爱的"30558"号飞机已完成使命，睹物思人，无不感慨。然而，朝华与夕秀相互映照，或许正是他卓然有成的原因吧。

他以怎样的方式告别蓝天？他在什么时间、地点完成人生的最后一次降落，也许并不重要。无论悲怆还是平静，他的青春都已融进了蓝天白云。在日落日升中，他的灵魂必将年轻。无论破晓的晨曦，还是渐落的夕阳；无论闪烁的星空，还是迷离的灯火，它们都记得他驾驶战鹰滑过天空留下的彩色弧线；记得他行走于浩渺天地之间的磊落风骨。

如今，大哥佩戴"功勋飞行员金质荣誉奖章"的照片依然挂在杨村场站。他胸前佩戴的勋章，仍然散发着异彩，炯然的眼目依旧充满自信和朝气。

人生只是一个过去式。现代新型战机的能量与态势感知、高隐身性的优势，已然走向高处。回忆的站点，迎接的只有自己的列车，而回忆的美，竟如此绵长。它带着时间的凝滞与缓慢，如空旷的外场边那些日渐繁茂的藤蔓，在内心生长。

往事如烟，一缕缕散去。

大哥退休后的生活，如沉香奇楠那般泰然自若。昔日精美的纹理，湮没于光阴之中。他静里向深，垂钓幽淡，有了自己的山水之相。而眼睛里的深邃洞明，隐藏时间的背后，世界亦透明了。这或许就是"境界"吧。人做到这般无形，所表达的东西就在无意中了。

院子里的桂花树相看两不厌，满满的都是给予。它的绽放与凋零，潜藏生命法则。这融合了哥姐韧度的花树，寓意丰富内涵。在这里，我要告诉大家，文中的大哥名为陈锁良，大姐名为朱莹莹。请允许我向他们致敬！

那年，那天……

十八岁的冬天，我当兵离开家乡。那天送我的亲友、同学，排着长长的队伍，走了好远好远。

那年，北京军区空军到湖北宜昌地区接兵。宜昌地区九县一市，正好十人。我县四十万人，我很幸运地成为四十万分之一。

记得小时候，大概小学四五年级，有一天，突然家门口坐满了拉练的军人。其中就有几位女兵。她们身着军装，头戴军帽。背包后面别着解放鞋，挎包左肩右斜，英气十足。我站在她们身后，既欣喜，又羡慕，那种喜爱之情，无法用言语形容。

上中学的几年间，我收集剪贴一本本有关女兵的文字和图片，把对军营的向往热爱、细腻心事都写进日记。

当天遂人愿梦成真，无不感谢命运的眷顾。那天我站在桃花岭宜昌军分区门前整装待发的队伍里，聆听接兵连长意味深长的话语："从现在起，你们女兵就是最幸福的人，走在路上，行人会向你们投来羡慕的目光。"我稚气的神情里充满自信。抬头便看见斜倚门岗的梅枝含苞欲放，细香微度。我用神秘而不可喻的慧觉，将年轻女兵连同家乡的暖阳一起摄入记忆，心底叠印的是怎样生动的图片啊！

（一）

踏进军营大门，被"整齐划一，井然有序""方块加直线"所吸引。看着老兵"一颗红星头上戴，革命红旗挂两边"，挺胸抬头高傲地从我面前走过。再看看自己：棉帽、棉鞋、棉衣、棉裤，一身"土八路"装束。心想，什么时候才能够戴上领章帽徽，成为一名合格的兵呢？清楚地记得，当兵第一天，从系腰带开始。军用皮带扣的小窍门，难倒多少新兵啊，越心急越解不开。部队生活的第一天，剪掉我长长的发辫，黑黝黝的长发，被师傅捡拾擦了锅炉。从那时起，班长不允许我们讲家乡话，不允许有老百姓习气。

新兵连训练紧张而严格。居住的地震棚里，余震常常来袭，不经意间就听到屋角"吱吱呀呀"的响声，但并不影响日常的学习和训练。我们将被子叠得有棱有角，生活用品摆放得整齐有序；走队列、练军姿、趴在地上瞄准。夜间紧急集合，穿戴严整，打起背包就出发。军用水壶右肩左斜，摸黑行军不准讲话，遇"敌情"迅速卧倒，再爬起……

党峪山沟地震后的训练条件十分艰苦，加之北方寒冬的严酷，我的手肿得像面包，梳头都困难。连长看到特批我训练时戴手套。但我没有享受"特殊优待"，与大家一起经受住了严峻的考验。打靶那天，排队早早来到靶场，心情十分紧张。班长轻声安慰：放松才能考出好成绩。平时进行内务条例、队列条例、保密条例的学习，个个思路清晰，逻辑分明。考核的关键时刻，班长告诫我们："条理要清晰，千万不要混淆……"经过严格的训练，终于通过了各项考核。新兵连结束，我写了一篇关于新兵连生活的感想，登在黑板报上。那天晚会上，我沉浸在《蝶恋花》的曲子中，翩然起舞。墙边黑板报上的红色板书，正合着舞步对视盈笑。直到今天，还依稀记得舞蹈的动作，还能感受到那时的欢乐气氛。虽然没有华丽的灯光，也没有漂亮的服饰，但还是认为那是我平生跳得最好的舞蹈。那时纯情、阳光，把青春的张扬和激情演绎到极致，展现出军人的蓬勃英气和征服人生的豪情。

发领章帽徽的那天，我们几个湖北兵专程到唐山新市区照相馆拍下第一张军装照片。那种亢奋与满足，真是无以言表。一个礼拜后，照片洗出来了，我把单人照和合影一起寄回家。收到信，已经临近春节，家里正盼着来信欢欢喜喜过年呢。

（二）

每个人的命运，上天早有安排。我被分配到军务处打字室。据说军务处的参谋到新兵连暗访，观察到我性格文静，很适合打字工作。春节临近，机关大灶很忙碌。班长带着我们到食堂领取过年的饺子。这时才知道，春节食堂不开伙。我们盘算着，每天吃两顿，正好饺子能吃到上班。那个春节于我刻骨铭心。南方兵把饺子只当菜品，没有了钟情的米饭，就得学着把饺子当饭吃下去。

另外几个湖北兵被分配到守机班、载波室、卫生所，就像飘散的树叶，流入不同的溪口。平时各自忙碌着业务训练、理论学习，偶尔也会聚在一起偷偷说家乡话。打字室属于机关，自然不像连队管理严格，但更要自觉自律，严格要求自己。如每周二出操，周一晚上就把腰带、帽子、鞋子摆放好。第二天起床后，一点也不手忙脚乱。出操号声响起，准备充分，按时到场。有时候队列训练，有时候体能训练。大多绕着操场跑步。震耳的口令和一致的步调响彻山谷，带起的扬尘把军装染成灰色。

军务处处长、参谋、保密员，个个都非常干练潇洒，而又儒雅谦和。他们操着各种口音从我身边走过，至今想起仍忍俊不禁。高参谋的天津话，听着就像说快板书；张参谋的河南话，透着中原的厚重与大气；闫参谋的河北话，与普通话没有区别，但仔细品又有那么点晋音。还有保密员小郭的沈阳话，他声母的第一声，总是降调，于是我也就成了"小芳"。大家在一起就像一个大家庭。这个家庭里有兄长、有姐妹，其乐融融，亲情无限。相比其他处室，这里更雅静。熟悉的一家人之间少了拘谨，显得亲切。还记得苗处长与夫人到打字室看我，关切的眼神、可亲的笑容，就像北国的春风在脸上一停就是四十年，今天想起还依恋呢。她问家里来信没有。小米和高粱米做的二米饭吃得习惯吗？异乡淡淡一句话里，却蕴含一生感动不已、感念不尽的恩情。

那些如水的日子，党峪山沟的防震棚里，留下我们打字油印忙碌的身影。噼里啪啦的打字声响，演奏出和谐悦耳的交响曲，黝黑的油墨时不时地就成了"化妆品"，彼此相视一笑，谁也不在意。太阳缓缓落下，金辉洒在桌面上，也映照着我们年轻的脸庞。

我们按部就班，努力学习，勤奋工作，真正融入部队这个集体中。那时学习抗震英雄高东丽，敬佩她坚守岗位、舍生忘死的精神；那时读《哥德巴赫猜想》，被主人公的人生所吸引。我为生于那个时代感到幸运，为被历史和人们永远铭记的人生活在同一片星空下而庆幸。曾经在日记里这样写道："打字工作平凡而伟大，只要投身其中，得到的幸福是无穷的。对部队贡献的多少，不仅取决于热情的工作态度，还要具备一定的知识能力。为此，要加倍努力。"现在读来显得很有激情，也很幼稚，但却反映了当时的工作状态与心境。

（三）

山里的时日和缓。"五一"会餐，还穿着棉衣。站在大灶饭堂的门前，眺望远近的山峦，遥想家乡的花儿早开了。夏日，这里听不到蛙声，鸟鸣也没有家乡的热烈。唯有门前的核桃树枝叶繁茂，郁郁葱葱，巨伞般罩住打字室的屋檐。细雨来临，一颗颗，如粒打落，空气丝丝清凉，弥漫清冽之香。秋日的风从山坳吹过来，染黄了树叶如剪的青绿，露出细密的脉络，如线如丝，隐退而去，心微凉。丰收时节了，路旁橙黄的柿子、苹果已挂满枝头；屋后的山楂树影婆娑，一簇簇红果燃情而妖娆；层层梯田生长的玉米、黍子已成熟。生活在这片土地上的军人与山里的农民共同享受着丰收的喜悦。冬天来临，升起取暖的炉子，飘向空中的袅袅白烟，像一串串问号，顺着核桃树秃秃的枝干逶迤空中，化为山沟里一幅幅大小不同的写意画，构成冬日最美丽的图景。

相依核桃树的四季里，我端坐窗前读书写字，默默翻阅《空军报》《解放军文艺》《战友诗集》等，字里行间既是别人的故事，也是自己的故事；既是外面的世界，也是自己的世界。那些平静温和的文字，带给我快乐与激励。记得《空六军战友诗歌集》中有这样的句子："手接红霞，移足践绿沙……""春日桃花两岸红，夏长荷花满池中，秋风丹香飘万里……"细腻的诗句，如新荷般婀娜，从夏日到冬天，裙带衣褶间藏着多少山水啊。诗作者历经地震的悲痛，特定环境的浸润，笔尖并没有凌厉的剑气，反而闪动着平和之光与浪漫气息。或许今天我能用文字诉说灵魂，那颗缘分的种子，就种在这棵核桃树下吧。

夜晚寂静，清幽的月光纤尘不染。凉意从简陋的窗棂渗入，陪伴我悄然入梦。唯有门前的核桃树依旧醒着。忘不了那个暮秋，部队从党峪搬迁至丰润。离开的前夜，独自站立在核桃树下，卫生所后窗的灯光透出，洒在叶片上微弱惨白，像极了雪花点点。

铁打的营盘，流水的兵。

这一天来得有些偶然，又好像上天冥冥之中的安排。正如现代诗《我们在世间用心走着》中所写："走着走着，有些人走远了，有些人还在原地……"我明白，人生不可以自己选择，世间许多的事情自有它特定的轨迹与规律。我们理应感恩每一次的相遇，服从每一次的机缘。

回首部队生活，多少往事难以忘怀。我们没有因为吃着粗粮、穿着布衬衣、解放鞋而有丝毫的懈怠，也没有因为电视、电脑、手机、网络的缺失而有任何怨怼。我们怀揣理想，与所处的时代契合无间，洋溢的精神气就像春天般骀荡。军营将梦想、情感、思索交融，成为浓缩学习和生活的悠悠时光。如今，拭去岁月的尘埃，仍然闪烁瞩目的光芒。

希望有一天，我能再次回到部队，像从前一样穿一身军装，英姿飒爽地走进营门，站在营区道路两旁已参天的大树下，细听枝叶簌簌有声，远望山峦的烟霞，让过去的一切都回来。

第四辑

半江瑟瑟半江红

　　天地英雄气，千秋尚凛然。一位哲人说，没有英雄的国家和民族，不是一个真正的国家和健全的民族。所以尊崇英雄是民族的灵魂。老兵梁海说："我们缅怀先烈，既要铭记功勋，更要传承精神。"我理解他说的传承，就是革命精神的传承，就是红色记忆的传承。

高天流云

清明，皖南事变烈士陵园告别了漫长的寒冬，迎来点点新绿。迎风摇曳的白花，仿佛诉说着早春的希望。

烈士墓园松柏肃立，空气中飘洒愁绪如丝。凝视墓碑上熟悉的名字——毛中玉，我不禁潸然泪下。那些堆叠记忆中的帧帧照片，俊朗的面庞，还有留在东流山下的美好年华，都随着林中的青绿，一如往昔地复活，就连手中捧着的鲜花也闪动着盈盈的露珠，如泣如诉。冥冥之中的神祇玄妙。在这里，我窥见到他与另一个世界的圆融——锋芒隐匿，剑气收束，宛若一位脱尽生命年华的智者，显得那般自享，不禁想起"英雄此地埋弓箭，夕阳遗址尚依然"的诗句。站在墓碑前，我轻声问伯父："你可感受到大地春天的喜悦？可感知亲人长长的思念？"

纪念广场中轴线上，神道延伸，汉白玉花环上的花瓣正悠悠地淌着泪。就连白色的回廊内镌刻的《新四军军歌》也变得温婉起来。那些题词和碑记正用深邃的目光与瞻望者久久对视，神秘而庄重。我站在摧折的巨柱前，遥望云岭山脉天际线上的一弧银白，宁静淡远，像至圣的梦影载着对伯父的思念飘向远方……

（一）

一个家族，军人的根基扎下，就拥有整体的厚度。毛氏家族乃宁波书香门第，殷实而富庶。老屋雕花窗棂，红木书橱里书籍按序排列，墙上椭圆形的时钟按点敲击，伴随着孩子们的身影：时而书声琅琅，时而笑语盈盈。辽阔丰盈的甬江之地，赋予他们柔韧坚毅、爽朗豁达的性格；良好的家庭背景与自身的努力，影响并决定他们的人生格局与大将气度。伯父毛中玉是家中长子，却没有封建从父思想的"修身齐家"，而是先行"治国平天下"。他十九岁就有罕见的洞察能力和民主意识，奉行"人民为先，国家之上"的信条。在日寇铁蹄南下，上海受敌之时，他毅然决然地加入"八一三"淞沪会战队伍。三个月的鏖战，战况惨烈。他沉着坚定，不畏艰险，积极运送物资，救护转移伤员，始终奔波于抗日战场与后方医院之间。他说："一个中国人，为民族尽一份力，就是最好的。"

1938年初春，伯父毛中玉带着十六岁的姑姑毛维青，随中国红十字会煤业救护队辗转到皖南，9月加入新组建的新四军，同年加入中国共产党，并担任新四军教导总队总俱乐部主任，从此走上革命道路。父亲毛振发与叔叔毛振达也在伯父的影响和带动下，离开上海和宁波，先后参加新四军。他们出入江南苏北，转战江河湖汊，在险恶复杂的敌后方骁勇作战。他们有着共同的理想、信仰与追求，对国家民族生死存亡的关切也如出一辙。在生与死的考验中，他们共同熔铸了"战而不屈，死而不亡"的民族精神，这种精神今天仍闪耀着不朽的光芒。毛氏家族也因此践行了红色基因的传承，任凭岁月流逝，对主义之真、信仰之坚，从来不曾动摇。

（二）

动荡年代的家国兴衰与个人命运的跌宕沉浮，透过一个横切面就映射出那个时代。透过伯父的人生经历这面历史的铜镜，观照自身，从他们那代人的身上，找到心动的落点。记得伯父创作的歌曲《别了，皖南》中有这样的词："前进号响，子弹上膛，刺刀出鞘。皖南，别了！目标，扬子江头，淮河新道……"大气磅礴，叙事如画。词中散发扬子江水的清新，浮动着皖南大地的质感，也弥漫着两军阵前的战火硝烟。然而，经历战争和艰苦环境浸润的他，笔尖却鲜有凌厉的剑气，更多的是平和与浪漫。新四军教导总队总俱乐部是他的舞台，也是他的战场。今日云岭山下，军部联欢会上他演奏的小提琴曲仍萦绕在陈氏祠堂；墙报上他的漫画诗词仍珍藏在俱乐部旧址；战士们演唱他谱写的《打靶歌》《举杯高歌新四军》等歌声还飘荡在宣传站……伯父用三年的时间涵养才情，记录自己的进取，演绎一出有序幕、有高潮的人生之戏。这些成功的作品，营造出浓郁的艺术氛围，渗透艺术熏染，充满质感。他教歌与创作的兼容与自洽，如诗的交响，气象浑厚。他传播的先进思想，追寻的理想信仰，以及丰富饱满的情感世界，还有他对革命的诠释，都已成为毛氏家族的精神高度与坐标。

皖南大地收藏和见证了伯父最美好的青春时光。在紧张的战斗生活间隙，他常常奔走部队驻扎的田野地垄，徜徉罗里起伏的山冈，漫步简易的便民桥，以这种神秘的方式巧妙地消解时代的苦难感。云彩极低的时候，他会低吟壮烈悲歌远去，似乎拉一把，他就能跟着飞起来：云白草绿，行云如水。伯父说，他喜欢高的天，低的云。多年后我才明白，乡野的稼禾，山涧的树，桥上的倚栏，它们能挡住风、拦住人，却挡不住他那颗飞翔的心，心有心的高度。或许，不用站在东流山顶，就能与云亲近。伯父短短的二十二年生命，不就是这高天上的云朵吗？云朵，柔软如絮，却蕴藏着无形的力量。它悠然作别天空，清新透亮，宛如一幅生动的画卷，在天地间涂上展开……

（三）

1941 年 1 月 11 日，是毛家永远铭记的日子。在茂林石井坑——皖南事变最惨烈的战场，伯父毛中玉惨遭国民党杀害。面对敌人的凶残，他怒斥道："我没有战死在日本帝国主义手里，却……"我无法知晓他昂首倒下的悲苦，无法想象他的热血流经南国之地的寒意，春天已临近了啊。这刀的刃口，马的铁蹄，这千古奇冤，早已被我读成课本里的历史，深深融入我的灵魂。从中，我解读的不仅是中国革命史中蕴含的价值，更有同胞之间自相残杀所带来的永久伤痛。我敬佩的不止是伯父的坚贞不屈、正义凛然，还有一种可贵的民族气节。当今天台湾对"二·二八"事件忏悔时，我们是否也应该反思并警醒于历史上那些对同胞兄弟的残杀行为呢？当今天怀念与崇敬英烈之时，我们的理想与追求是否也应该达到一个更高的境界呢？

曾经，我们对"先烈"这个让人敬佩的词语，在怀念中渐渐淡忘。而从小所受的传统教育、为人民服务的宗旨，也似乎在安逸美好的生活中慢慢淡化。心中不再有澎湃的激情，不再谈论理想信仰。重温伯父的英勇事迹，回顾他的革命历程，细品他的手稿和一封封家书，从他叙说国事、寄予亲情的文字里，也更深切地感受到他的坚定信念与革命情怀。同时他也为我们葆有初心，珍惜当下，努力进取做了最好的注解。

是啊，伯父毛中玉于国是英烈，是一面飘扬的旗帜。然而他对于家族，却是永不归来的亲人。他把宝贵的生命献给了中华民族解放事业，却把那个悲伤的角落永远留给了自己的亲人，留给他们永远也填不满的爱和哀思。

"春来春去何时尽，闲恨闲愁触处生。"

今天的皖南事变烈士陵园有着喧嚣之外的寂静，也有陵园独有的精神秩序。它让现实与过去交集，叠映出那段战斗生活的艰难时光。站在叶飞题词的纪念墙前，远望云岭山峦升腾的烟霞，看到年轻的伯父毛中玉正微笑着走来。

半江瑟瑟半江红

2017 年 7 月 1 日，电影《血战湘江》在全国上映。这部独特的影片，将红军长征中抢渡湘江那段血雨腥风的岁月还原于今天，引起人们极大关注。影片中那些年轻的将士，用生命演绎战火中最绚丽的青春，散发出人性的光芒。"一棵蜡梅千朵花，一盏红灯照万家……"叙事如画的民歌，散发湘江之水的清新，凸显桂北大地的质感。然而，这光晕的背后，又有着怎样的悲怆、惨烈、伟绝？

湘江战役，被称为用红军生命铸就的英雄史诗。这场战役发生于 1934 年 11 月的桂林以北地区。界首、觉山、新圩三大阻击主战场，白刃不饶。雷口关、枫树脚、蒋家岭的争夺和突围，残阳如血。经过五昼夜的鏖战，红军用单一的武器，击退数倍于己的桂军、湘军、粤军的数次进攻；以血肉之躯，抵挡飞机、重炮的袭击，最终撕破国民党重兵设防的第四道封锁线，成功抢渡湘江，彻底粉碎蒋介石"围歼中央红军于湘江以东"的图谋。然而，中央红军也为此付出惨重代价。那个冬天，从兴安到全州的六十公里战线，三万八千多名将士倒下，他们的热血渗透南国之地，流进湘江……

今年 5 月，一个载着花香的日子，我随战友梁海一行，从南京来到兴安县狮子山，瞻仰"湘江战役纪念碑园"，感受那份永远不会散去的悲壮气息。

走进碑园，五幅巨型灰白花岗岩浮雕特别醒目：送别、红军、长征、渡江、永生。主题鲜明，人物栩栩如生，艺术地再现当年湘江战役的壮烈场景。轻轻抚过石雕，细腻的面庞闪耀春天的色泽，透出其信仰的高度。低垂的眼睑，明暗的线条，闪现出灵魂的墨守，无不让人觉出它的峥嵘和独有的气象。

沿着陡峭的台阶拾级而上，历史的沉重感扑面而来。圆拱形的碑亭，沉稳地托举三支步枪造型的主碑，耸立山顶，直插云天。两侧松柏苍劲，与挺立的石碑相映，彰显红军理想信念的力量。凝望碑亭墙上镌刻的阵亡将士的名字，一排排，一行行，就像墓碑旁盛开的朵朵白花，阵风吹过，悠悠地淌着泪。站在高高的主碑下远眺，浩浩荡荡的湘江、安宁富庶的兴安城、巍巍的狮子山……尽收眼底。

纪念广场中轴线上，环绕"长征、忠诚、信仰"的花瓣银光闪烁，红白相间的色调，隐现先烈丝丝缕缕的柔情和一清至骨的民族气节。不由得想起"青山处处埋忠骨，何须马革裹尸还"的诗句。墨菊花前，我颔首拜谒，这天地灵敏之境，一定有至爱永恒的存在，并共同经历无形生命的循环，来表达对战争的敬畏，对人类的悲悯，还有这虚妄相逢的暖意。

走进湘江战役纪念馆，依稀还能听到激战的枪声，还能捕捉到那些永不归来的英魂。这种绵延的幻境与凝固的画面形成一种张力，让我悲从中来，泪由心生。柔和灯光下，那些雕塑、藏品、照片，被涂抹一层淡金色，凝重、沉默。

《红旗之船》：馆藏中最明丽的色彩。天花板上闪亮的红五星，与载着红旗之船上的三顶军帽、五朵浪花相映，更显得从容。我默默地想，这三顶军帽是寓意战役之后幸存的三万红军吗？这五朵浪花是寓意参加战斗的五大红军军团吗？

《战役场景》：模拟场景真实而残酷。刀的刃口，枪的膛线，炮的射角等，早已融为灵魂之殇。我从中解读的不仅是中国革命史蕴含的意义，还有世间同胞相残所带来的永久伤痛。隔着岁月我仍能感受到湘江的滚滚血浪，仍能闻到扑面而来的水腥。那些漂浮湘江的将士啊，早已自在任真，纯净了然了吧。他们轻吻着湘江的潮汐，并荡起喜悦的水波，捧起湘江袅袅漫起的烟气，日日夜夜，岁岁年年。

《禾塘决策》：这是一幅最值得回味的画面。饱和的色调，鲜明的人物性格，恣性的浪漫气概，以及著名"三人团"作出"继续西进，抢渡湘江"的决定，如同倾吐出的一串串长音，跳转扬落，合着隆隆枪炮声，旋转在道县禾塘村的冬日里。然而，转身回眸，又一次看到镌刻在湘江战役纪念馆序厅左边的金色大字："我们不为胜利者，即为战败者。"——朱德总司令为发给全军的电文后面特意添加的文字，如一部完好的黑白胶片，循环播放，充满神奇。

《为苏维埃新中国流尽最后一滴血》：雕塑融合所处的环境，展现军人的勇毅和笃信，将担任后卫阻击的红5军团第34师，陷入重围而全师阵亡的惨烈，描摹得摄人心魄。尤其是师长陈树湘的塑像，更是富有灵魂。倾身侧耳就能听到他的声音，或昂首高歌，或两臂张开如风中鹰翼，抑或"为苏维埃新中国流尽最后一滴血"的誓言。即使他紧闭钢唇，也让人感到一种逼人的声浪，巨大，深沉。他凝视苦难深重的大地，以绞断自己的肠子也不当俘虏的决绝，慷慨赴死。他的精神光芒抵达观瞻者心底，激起人们深深的敬仰和难以平复的共鸣。

继续往前，馆藏内的一个两头尖尖的菱形竹签引起我的好奇。它不如竹的艺术品精致，也不像普通实用的竹器。看完解说词，心痛油然而生。原来，红军当时条件十分艰苦，行军穿着草鞋或布鞋。而桂军却将这种竹签涂抹上毒药，埋在红军行进的路上。红军路过一旦踩踏竹签就穿透脚心，导致感染。这小小竹签不仅记录了红军那段艰苦历程，也为后人留下深刻的感知，它让后人珍惜、敬畏、铭记这段历史。

停留在元帅、大将、上将的照片前，我久久凝望。年少时，曾把南宋的辛稼轩当作英雄。历史课本记载他率兵擒拿叛贼如囊中取物。然而今天再读，英雄本色之下，看到的却是眼前这些伟人的生命力度和智慧。他们经历的锻打锤炼，岂是宋人所能及。即使百炼钢化为绕指柔，也是九死而不悔。他们身上闪烁的星光和深刻的隐喻，让人永远记住他们的名字：朱德、彭德怀……

走出纪念馆，心情却依然沉浸在悲痛中，久久难以平复。就像来时抬头还见的太阳，不觉间躲进云层，投给这里一片阴影。唯有纪念馆整体设计——红军帽鲜艳的红色，警醒后人记取这段惨胜之战、壮烈史实。

湘江战役虽惨胜，但其意义深远，影响绵长。革命成功从来不是一蹴而就，唯有在深刻的痛楚中，才能催生更为透彻的觉醒。八十四年悠悠岁月，时光深处隐藏的故事，如今清晰地呈现在眼前。相信这里有一种十分神秘的力量，吸引后人怀着恭敬之心走进历史。

天地英雄气，千秋尚凛然。一位哲人说，没有英雄的国家和民族，不是一个真正的国家和健全的民族。因此，尊崇英雄是民族的灵魂。战友梁海说："我们缅怀先烈，既要铭记功勋，更要传承精神。"我理解他说的传承，正是革命精神的传承、红色记忆的传承。作为一名曾经的军人，他以一种新的表达方式。感恩先辈，同时也让同行者在此与彼之间，找到心灵的共鸣。

离开碑园，仿佛置身于当年红军突围的界首渡口。夕阳西下，湘江之水缓缓流淌，一阕古词萦绕在耳边：一道残阳铺水中，半江瑟瑟半江红。

等候，相遇

写下大纵湖的"湖"字，博大与深情徐徐蔓延开来。它辽阔淡远、神秘莫测，仿佛将盐城的精魂、苏北的故事都掩映在这片水乡泽国里。

还记得景区的柳堡村、七子岛、板桥书屋吗？它们历经沧海桑田，几许岁月磨砺，却又宛若这深邃的大纵湖水托起表面平缓的波纹，泰若而不惊。就连境内那些桂树层叠的花蕊，似乎也背负着旧时的感伤，纵情绽放，难道只为等待秋的来临吗？

午后的阳光明快而热烈，柳堡村的湖水沾染柔和的色泽，湖堤两旁悬挂的灯笼，串起一片耀眼的朱红。湖边的芦苇、水车、小船、白帆相互映照，融合得何等美妙。多少年来，漂亮的橹娘划篙摇桨，靛蓝印花头巾随着低垂的柳枝轻轻拂动，游船就这么贴着水面欢唱前行。然而，最能挑动人心的还是《九九艳阳天》的曲子，如同浪迹村落湖畔飘荡的歌吟，牵连战火纷飞年代的隐秘爱情。《柳堡的故事》影片长镜头定格的那对钟情恋人相逢的盈盈笑脸，惜别的依依离情，仍旧流连在这桨声光影下。他们渴望胜利，对革命成功的笃信，今天依然尽显血色浪漫和人格魅力。眼前朵朵浪花随秋风溅起，银帆鼓胀，凝聚了柳堡村厚重的革命情感，令人不禁陷入幽深的怀念。

大纵湖景区自带变色功能和切换模式。

蜿蜒的沿湖路在眼前延伸，远远的七子岛成了湖中的岛屿，静静守持一片洁净的圣清。高高的桂树如一道屏风宠溺地将碑林拥入怀中，有繁华尽时的沉淀感，更像如日中天之后进入沉思的状态。这里的湖水在逆光中无声跃动，所有的喧哗沉入水底，神秘气氛扑面而来。"建安七子"久远的生命、精神形象，就镶嵌这些石碑上。一个个熟悉的名字，一张张陌生的面孔，重合于臆想的意境，先前从课本的认知，对其文化内涵的理解，倏然清晰。轻轻抚摸石碑，从刻痕边缘的钝利、风化的光泽中，觉出岁月的短长。当我咀嚼描述陈琳、孔融等人物碑文中的要义时，才觉出峥嵘和高古。七子碑林，俨然就是一幅幅古画，卷了一身光阴，虽然久远，但在目光相遇的瞬间，足以让人动容。

　　大纵湖的自然景观，带给游人宁静与思索；她的人文景观，带给游人文化共鸣。当我走近板桥书屋，它已静静等候多时。此时湖水云雾笼罩，匿藏了苏北固有的村舍和湖水间的人烟。只有这座书屋，把自己守成了清代文人郑板桥在这里坐馆授徒时的模样。我曾无数次揣摩他理想田园的土墙院子，以及晨望东海红霞、薄暮斜阳满树，立院中高处，便见烟水平桥的意境。然而，今天这些已不从属于视觉，而纯属一种内心感觉，维系我的牵挂。走进院落，见景胜如闻，不禁默念："夕阳返照板桥屋，金桂飞来片片红。"旧式建筑，雕梁画栋，人物塑像，还有曲径小巷，瞬间就回到明清时代。这些珍藏的字画，是黑与白的文化积淀吧？这些保存完好的线装书籍，是经与纬的力量彰显吧？轻轻触碰，书页无声翻动，如同穿越时空，邂逅古老。解读古文古物，一份纯净的书香隐隐而来。凝望先生的"难得糊涂"的匾额：成色褪去，精魂犹在。跳跃的字符，仿佛寄予长情，或如亲切指令，都在无言中转动。他告诫后人对事不舍本逐末，分清是非，宽容大度。这穿透时空的心灵关照，融合智慧，更显"难得糊涂"的妙处。

　　黄昏的大纵湖在逆光中延伸到无限。秋风带着凉意，衬着天边的暮色，隐约看到远方金佛的倒影，听到龙兴寺的钟声，还有芦苇"迷宫"、湖汊传来的神秘诗意……

　　天地之间，凡有血性且追求心境平和的行者，定然不会舍弃与之相伴相惜的机缘。然而，能如此震撼人心且与之契合的唯有：柳堡村、七子岛、板桥书屋。它们不仅相宜赏玩，也更适于思索回味。如果柳堡村反映的是战争年代军人的价值观，那么七子岛、板桥书屋展现的则是远古读书人于书之外的品位。在这个著名风景区内，它们的设立，已不再是一个单纯的景点，而是承载先贤智慧和历史厚重感的文化符号。岁月更迭或许会影响后人对它们的认知，但作为文化的传承却更具存在的意义。由此而衍生的其他游览形式，将成为一种视觉的隐喻，而可触摸和观瞻的景物，也会成为一种怀旧的趣味。

　　人们常说，心底有远意的人懂得深情。于我而言，这样的远意是游过大纵湖之后的至味，是淌过浩浩湖水，相逢等候已久的故事里的人。透过小小的景致，我看到一盏盏燃起的文化灯火，温暖并照亮游人的心灵。

　　哦，大纵湖的每个景点都能留住岁月的光影，还有观者心中的暖意。

满船清梦压星河

飞机下降，桂林就要到了。从机窗望下，绵延山峦葱郁，高低起伏，呈现独特的南国风景。走出机舱，裙角不经意扫过静默的地面，霎时委婉涌上心头。

（一）

桂林美闻天下。葱茏蔚然、清莹秀澈的山水，像一道天然的屏风，宠溺地将其拥入怀里。中式风格的建筑，幽深狭长的老街，在漫长的历史积淀后泛着古旧的色调，然而她又是粉艳和风情的。满城的石榴花，绿色树冠下嵌着络绎殷红，像旧戏里的唱词："榴如火，簇红巾……"柔和而明媚。爬满三角梅的屋檐，将庭院玫红的记忆，探看无余。来自不同地域的美女手上拎着山竹，捧着榴莲缓缓走过巷口，青春如同打在她们身上的阳光，明晃晃得直耀眼，品着走着，顿然有了"满目绿色穿不透，人间尽是花月风"的诗情画意。

沿着石板路前行，一座白墙青瓦的院落映入眼帘。影壁、木雕、红檀桌椅，构成一幅精湛古画。一缕时间的光芒穿过扇扇窄门，翩翩而来。这是南国最古风的饭店吧？我倚窗而坐，接主人一杯酽茶，把暑热泡在茶里。这里寂静祥和，可以嗅到家的气息。晚风轻轻拂过，才发现这里的美食佳肴：瑶家特色菜、米粉、油茶……

这家饭店的瑶家菜，麻辣鲜香，精细正宗。浓郁的山乡风味，无不让人垂涎血鸭的脆感、啤酒鱼头的鲜辣、石磨豆腐的浓香。然而坐上餐桌才知，瑶家菜的主角——油茶。热情的主人细述油茶原料和制作工艺的考究，以及俗称"爽神汤"的奇妙功效。而有趣的配盘和各种炒菜、糍粑、米果、米花，它们是油茶的配角。欣然品尝，的确有点微苦；再尝试便有了茶香。桌上明炉燃起，菜肴香气四溢，锅底欢乐浪花翻涌，这才领悟油茶碗里的人生：原来只有经过曲折历练，才能享受生命之美。

人文桂林，酒文化融合少数民族个性，热情豪放。据说老牌"三花酒"，入坛能泛起晶莹如珠的酒花，被誉为"声震湖广乃尽，酒之妙"。然而，那天我没有品尝到"三花酒"的清醇，而是品味了朋友珍藏的"东君寿酒"的醇香。浅斟低酌，那份浓烈啊，盈盈十里，迎风扬起芬芳。正可谓：酤酒客来风欲醉，宴饮人去路还香。

离开老街已暮色四合，排排绢灯亮起，薄雾弥漫开来。桂林的夜晚，热闹而不喧嚣。

乘坐游船，与水面亲密接触。静静的湖水，蜿蜒的天然曲线，以及霓虹灯的流光溢彩，将"四湖两桥"的夜景装点得如诗如画，凸显"千峰环野立，一水抱城流"的奇观，同时也映现景中城、水中景的和谐之美。然而，我并未随着一个个精彩的画面去追逐大自然赐予的美景，而是迷醉于属于自己的"神之水滴"，以及被酒因子浸润的心。在这亦山水、亦城市的美景中，在酒香的馥郁里沉溺，不愿醒来。

金银双塔在醉梦里悄然绽放，它们像一对并蒂莲花，相依相偎，呢喃低语，情话这座城市的栉风沐雨与发展变迁。而我忘却了身边的霓虹，醉心于水中的满天星辰，倒像是卧在银河之上呢。

（二）

漓江晨曦微露。两岸的山水卸下昨夜的浓妆，露出清丽温婉的模样。

游轮悠悠前行，座座山峰形态万千倒映水中，激起的水波宛如被绘画大师神笔点化，时而堆砌，时而折叠，特有的灵动让我想起"智者乐水水无涯"的诗句。

倚栏凭眺，此时的山早已着染墨色，或浓或淡，或近或远，起伏连绵，叠韵隐现，像一幅幅画卷徐徐展开，化为"船行碧波上，人在画中游"的大写意。阳光从云中穿过，我独自享受大自然的恩典，任由身心浸润其中。

不知何时，沿岸临江而筑的民居、临江而栖的凤尾竹，都被我设为背景，怜惜地摄入镜头。这时才恍然发现，无羁的自由，会让一个人慢慢变成一朵悠悠的云，一掬闲散的浪花，一抹颤抖的水纹，悄然地伸展，旋舞于五月的晴空之下，感受前所未有的轻盈。

（三）

"唱山歌哎，这边唱来那边和……"一波碧水漾起一曲天籁，穿过朦胧的树林、竹楼、渔村，《印象·刘三姐》一袭红装的演员荡着小船，缓缓驶来。

清浅的夏夜，远古的气息，随着光影如诗如画。倒影水镜中，红绸翻飞，火焰跳动；竹林轻吟，排筏穿梭。江风伴着姑娘、小伙儿轻盈的舞姿，一幅幅象征渔家劳动、生活的图画展现在眼前。

演员本色出演，带给观者新奇与震撼。《红色印象》《金色印象》《蓝色印象》《银色印象》实景系列，摒弃了传统舞台的固化形式，将山水不着痕迹地融入其中，宛若《红楼梦》里"传情入色，自色悟空"，既暗合编导的创意，也契合观者的心思。人与自然，因物生情，情入物中。所以每一个细节都源于真实又极具艺术质感。演员走位、色彩搭配、灯光氛围，每一个场面都很精致，帧幕亦十分考究。演出不仅调和了山水之美，更融汇了广西少数民族文化的精髓，令人耳目一新，心生美好与喜乐。它以"歌于原始，舞于现代"的艺术形式，赋予人与自然新的诠释。

渔火渐渐走远，演出落幕。但我思绪还游离漓江，身心濡染着山水的岚气和夜露，刘三姐的歌声犹在耳畔。你听："山歌好比春江水……"

回望旅程：桂林、阳朔、兴安、南宁，每座城市的闲逸、市井、风情，带着无法说清的诱惑在眼前浮现。我常常想起瑶家菜馆，想起东君寿酒，想起"醉后不知天在水，满船清梦压星河"里那位如我般携着酒樽的饮者，深然长醉、安梦于星河的所思所望。脑海悠悠转动的每道佳肴似乎都在歌唱，道道音符都寄予长情。是啊，同是油茶，同是美酒，却不是每盏都如此完美如斯。我相信，这一场场盛宴满溢的真味和厚味，会像甲天下的桂林山水一样，永远留存在记忆里。

凤凰·边城

中学时阅读小说《边城》，启蒙的审美不定地游荡。文中语言意象清新淡泊而又意味深长，乡野气息充溢整个心房。渡口、木船、白塔；翠翠、天保、傩送，特有的景物，深情呈现湘西小城的自然美与人性美。从中不仅捕捉到山水的纹理和柔情，也感受到人文细腻的脉动。他们闪烁着光亮，释放一种广阔背景，读着恍如欲仙神游。原以为，纯净的白河流自凤凰沱江，翠翠就坐在跳岩上等待她的白马王子傩送归来。

这是一个美丽的误会。

或许因为当年那位伴着沱江月色和习习古风，沿着沅水走出山外的沈从文先生，倾情描摹湘西世外桃源之境的《边城》，书中故事与之生活的小城相契。所以它的背景音乐应该是凤凰的《抒情小曲》呀？怎么突然变成茶峒小镇的唢呐《娘送女》呢？还有白河边温婉柔和的芦管，深沉的笛声，以及浪漫情歌……一幅幅生动的画面，怎么也都伴着茶峒四季流转深切地呈现呢？现实和历史的两条线索，人物交错前行，无不形成脑中的复调，回忆穿插，变化万端。

原来，每个人心里都驻着一座《边城》。所有的风物都如书中那般精微、轻灵、含蓄，水墨画般地蒙着一层薄雾，不刻意就见其珍贵。缘文悟情，意文兼得，这《边城》又何尝不是年少梦想的精神使徒呢？

（一）

晨曦初照，凤凰古城卸下夜晚的浓妆，露出清丽模样。灰墙黛瓦的翘檐，重楼复阁的屋脊，以及凤凰造型细柔的脉动，冉冉舒卷成浅淡的水墨；条条苗疆边墙，经过百年风雨侵蚀，依稀能见砂条石的坚固，就像曝光之后不再显影的底片。江边迎面走来缠着厚厚头巾的苗家女子，靛蓝布衫和黑绒绣花围裙，随身的银饰应和脚步发出清脆声响。尤其手捧的花环，透着暖暖乡情。一位姑娘采撷一枚最美的花环，怜惜地戴在头上。侧目便见如黛山峦，凤凰般展翅吟笑。不禁吟诵："山，士之高者……"

午后的阳光明快，沱江艘艘小船如顺水的天鹅翩然游走。江面粼粼的洄波推动小小水花，美丽的橹娘身着浅色右衽衣衫，"S"形高髻于顶，笑眯眯地向客人捧一杯单枞茶；英俊的后生点篙划桨，草色斗笠下包藏着满满幸福。他们以一叶扁舟为圆心，生活如水般圆润层层铺展。时间稀释他们年轻的人生，宛若昔年翠翠和傩送，身上散发着天然生成的信义，超越苗家善念的原生态之美。

如此场景，却隐现边城的拉拉渡口，翠翠手拿那只凹口短木棒，套于绳缆轻轻拉动，船只载着傩送驶向对岸，背影远去。两岸一线乃她心头鲜活的弦索，奏出流水低语，连溪边藤蔓古树听闻都为之泪湿绿衫。古老渡口的苍茫意境，水乳交融的亲情爱情，以及水之骨，船之梦，轻舟便是碧波万顷。好像白河的韧性、光泽、柔情，都植入这如思如歌的欸乃之声。

再看眼前来往小船上的对对情侣，惺惺相惜，柔情蜜意。他们是否也会演绎手摇船桨，就是温婉一生的旧时爱情呢？

（二）

午后微风起，老街盆栽的簇簇秋菊清香蕴藉，花开至荼蘼。柔和光影下的青石板路，静僻小巷潜藏的岁月，琳琅商铺门板网格上锈蚀的锁环，难掩百年明清的风华。来来往往的俊男靓女，莫名地都成了傩送和翠翠。穿越时空的纷叠重景，如此清晰而真切。

流连弥漫醇香的酒铺，竹筒装满沅水酿造的琼浆。其深厚的匠心，隐藏湘西先民对酒当歌的豪气、把酒话桑麻的闲适。那位长得像傩送的年轻掌柜，大学毕业后原有一份体面的工作，但他不为仕途名利所动，毅然辞职经商。他信奉"酒以承欢，酒以成礼"，将民俗民风、工艺技术，都化成柜台繁多的酒品，就像音箱飘出的酒歌，浪漫又洒然。

佳酿中的每一粒酒因子，均有秩序与静好，隐遁时光中宛如翠翠捧给爷爷的酒樽滴露，温暖冗长。自古湘西有"冷酒热肚脾"的俗语，道出了酒里的人情和人性，以及待客之道。而《边城》里爷爷的微醺世界，谁也不曾真正走进。有时候，他的酒是激昂的，如端午之日，女人、孩子额角上用酒蘸画的"王"字，驱毒镇邪，以酒祭天；有时候，他的酒又是温柔的，如催送归还爷爷的酒壶时，爷爷眼中那份欣喜和期盼。如此，"凡有桃花处必有人家，凡有人家处必可沽酒"。似乎只要有酒，天地便合奏灵性神曲。旧时代的调性，懂得天地无穷，端的何尝不是胸怀呢？

（三）

穿过和暖的酒街，寻觅那条耳闻已久而未曾来见的中营街——沈从文故居。到达已申时，秋风早已拂过乌木金字的匾额，阳光变得温柔起来。典雅的湘西四合院，古朴的书香人家。静时光阴沧桑斑驳，动时喧哗游离，民国时期的旧影，便呈现眼前。

悠悠的禅意中，跨过故居大门，仿佛进入一个清平世界。整洁的中堂，温馨的卧室，安静的书房，镂刻的门窗，雕花的靠椅，回形边的木桌……方形天井古意新象。透过屋檐，便可看见天空的云朵，树荫细密的碎影，还有主人儿时读书写字的身影。后院斜倚的一树桂花，深掩金粉的宁静，像先生的文字。

正厢房先生半身塑像端坐堂中，温善的目光与我对视，仿佛以无形的语言传递着应答。壁上条幅、画像的褐色边框光致而古旧，犹如一本本袖珍词典，浓缩一个时代的影像，徐徐打开。

卧室的架子床藏风聚气，老套的布纹被单、厚纱蚊帐，泛着绵软可亲的手洗感。床头柜及踏板已是古董。墙上的镜框里，镶嵌着先生和太太的照片。先生高额头，喜眉笑眼，黑黢的头发愈发显得俊朗。依偎他身旁的兆和女士，神情低低的，眼底含着珠光，清媚天然，浅浅一笑已春风无边。阳光的影子慢慢从他们身边移开，空气里缠绵着金丝，古旧经由暖暖一照，很多细节都复活了。

书房的玻璃橱柜摆放先生各个时期出版的书籍单本。线装、竖版、油印、现代的皆有，看起来十分老旧。然而涩暗发黄的纸面纹理所泛起的古典美，以及曾经带给读书人的感动，却不会因时代变迁而淡漠。正是这些散珠般、有时间和空间秩序的作品，串成了一张完整的拼图，并连接各个时段的美好而铭心的故事。它带给读者时过境迁的回味，以及时间背后的孤独感。那本旧版的《边城》，静静地躺在简朴的书柜里，无须翻动，只轻轻一瞥，思绪就凌波而来。它曾在我年少时启迪智慧，如今又在黄泠之年给予慰藉。

庭院的栎树红叶满冠，用自己创造的红安抚覆霜的根须，像先生晚年沉心表达的秋意。倚门回望，身后的青砖斑驳陆离，那是有与先生相同的年岁和色调吧。

人们常说，遇见就是天意，拥有就是幸运。感恩《边城》创造的乡土田园，感恩凤凰古城延续《边城》的诗意世界，并保存沈从文先生离开时的"衣冠简朴古风存"，让读者从《边城》的天地，以及那些隽永的文字和景物里，读懂作者的淡定与豁达、身历沧桑的自成高格。

每个地方都有独属它的纪念，唯有静下心来寻找，才能发现一座城市背后的意义。就像脚下这条路，留下多少朝圣者的脚印，只有路知道。记得一句禅语：你来过，风会记得。

离开凤凰，天下起小雨，雨珠细密地滴落车窗，如悄然流淌的眼泪。明年的秋天之约，就像一座航标灯，照亮未来的日子，也照亮去凤凰的路。

但愿这个秋天的约会长久而持续。

水光山色与人亲

知晓九宫山，缘于通山作家袁玉英、倪霞的文字。她们所著《情暖银河谷》《秋痕》，字字珠玑，浑然天成。对翠峰如屏的山、碧水如镜的湖，还有涧谷漂流、层叠瀑布等自然人文风情都有细腻而生动的描摹，读后无不令人心驰神往。尤其她们邀约我游九宫山时，那种热情而温婉的神情，使我有了今生生活于通山，且为人生最大幸福的赞叹。

车行九宫山第二道门，山势开始变得高峻陡峭。眺望顶巅一字排开的风车，悠然转动的叶片，不由得想起玉英大姐文集记述的内陆第一风场落户通山，与厚积而重的磐石一起矗立天际，构成奇特风景的主体。顿然明白通山不过是九宫山脚下的前景，九宫山才是通山美好的背景啊。就在我思绪游离间，小车进入 S 弯道，行进方向的变化产生离心力，使人身体有外推之感，如乘云霄飞车般刺激。流动的曲折之美，无不彰显出惊险和霸气。盘山而上，绝妙风景尽收眼底，别样的新奇也盈怀而来。

抵达山顶，仿佛身处云中。初秋的天空格外通透澄澈，气候凉爽宜人。这里海拔一千二百多米，相较山下意犹未尽的暑热，属于另外一个世界。

九宫山山顶是一座漂亮精致的小城。现代化星级酒店、民宿、花径；饭庄、鱼馆、烧烤；超市、书屋、棋牌室等一应俱全。鳞次栉比的小楼错落有致，山峦起伏绵延，修竹清风可赏。它们宠溺地将云中湖拥入怀中。

阳光下的湖面泛起熠熠金辉。山形入水，光映湖中，纯洁宁静而又神秘深邃，给人以"云自无尽水自闲"的悠然。道教圣地钦天瑞庆宫，安于湖的一隅，将我的视觉拉开。从亭榭、曲廊、丛树，再到云湖，乃至水天一色，自有一份自持的风骨。间或从妙应殿、三清殿等之间来回，到达一种难以用文字言尽的境界之中。道院固有低沉的色调感，焕然光明。自小就听闻百求百应、衣袂飘飘的仙长——

张道清，并对其深怀崇敬之意。今日循着仙踪来此，果然洞天福地。这里所潜藏的文化精神、历史典故在时空里交叠和重现，并凌越于温和之上的雄浑，交融于神人共处的空间道场，贻信仰者以甘饴。桌边须发皆白的老道，正伏案运笔着一种外人无法破解的符号。那些苍劲骨力的字符，也许是为"道法自然"保存永久的依凭吧。门前深深浅浅的黄绿叶片一层层，踩上去绵软无声，随着栈道蜿蜒到湖的尽头。龙珠山庄内的层塔矗立，如古园的墨韵、虎丘的斑斓，恰好妥帖地与云中湖融合。留下"归程回首步犹迟，古塔斜阳系去思。不惜秋波重一转，水中陆上两相宜"的吟咏。

曾经有人说，湖为大地的眼睛，流动的深情。而云中湖却是云的眼睛，眨动的明眸，这里该有着怎样的温柔呢。湖水滋生的涵养和富庶聚集在小城主人的脸上，似乎都绵延一种古意，包含着无数的风雅。就连花岗岩、变质岩的地貌，以及背后主峰的温润敦厚之姿，都化成眼里的美好陪衬。山水、云动、树影清疏中生长的文明柔软而清冷、凝重而坚硬。他们生活在自己的日色暮光里，存续小镇的特色，也维系生长的根脉，成为九宫山绝美天下的生动注脚。就连空气中的每一粒负离子，都被打上了标签，独属于这里的每一个人。

特色小店以湖为中心罗列开来。沿着窄窄的街道，竟看到一个门面不大的书屋，四面垒满了书籍和画册。一些年幼的孩子伏在桌上，或写写画画，或捧书阅读，那种久违的场景带给我深深的感动。不禁想起自己儿时坐小板凳看小人书的快乐心境；想起女儿八九岁，抱着厚厚的大部头书沉思的样子。书中有孩子们需要打开的另一重世界，可以自由地向深处行走。我也曾渴望有这样一方小屋，或也不妨视为念想：四面围书，可见画报图文；天空蔚蓝，泥土芳香。方圆虽小，终为自己的在水一方。在电子资讯异军突起的今天，网络虚拟空间占据孩子的真实空间，将其童心淹没。而位于这座高山上，居然有店主经营书屋，引导孩子阅读，不免对她肃然起敬。店主说最欣慰的就是开这间小书屋，不为赚钱，只为精神栖息。每天观湖、看孩子们阅读，安心。就在离开回眸间，不仅感到传统文化回归本真的可贵，也体悟到一种精神的力量。我就像一位自足的享受者，沉浸在这片快乐的园地。

小城的市井，浓浓的烟火气聚集不散。网红鱼馆门前，一对年轻男女演示手中的活儿：一串串炭烤麦穗鱼、鳊鲅鱼，依次摆放，香气随风飘至云外。路边的天竺垂挂一绺绺的果儿，也张着小嘴招呼路过的客人驻足。我端坐在这家餐厅的户外广场，面朝云中湖，尽情品尝佳肴。心中难抑的诗句引述一道光芒："夜光杯酎草麝香，冠盖如云小鱼庄，我爱故乡风味好，调羹犹记鲢鱼汤。"哦，云中湖的胖鱼头清炖入汤，再加一份咸辣椒，与我儿时饮食柴火鱼汤有着同样的贴心贴肺，那个和暖顺畅啊。还有那道黄焖九宫石鸡，肥嫩酥软，藏有温情的回忆；配菜：山笋、石菇、蕨菜、平菇等，都无不蕴含着人情世故和社会的变迁。透过一道道菜品，从源头追溯，哪怕看似最家常的清炖鱼汤，厨师烹饪过程的火候、加入的佐料，以及微煸而让其肥润鲜香的口感，都倾注一个小鱼馆的用心。店主人说，每天的菜一定要自己把关才放心。所以口味成为小店生存的最终利器。而于我，除美食之外，还有这里的山、湖、四季物候、悠长历史及世道人情。它们交织在一起，凝聚成对这片土地的深深眷恋。

那个璀璨的夜晚，站在全景酒店的四楼，倚窗凭栏，多想提着宫灯，环湖绕行，恍然觉得自己就是古人呢。明月高悬，云中湖像一壶岁月闪着银光，要多素有多素，要多艳有多艳。停靠湖边露营的房车，微光在夜色中跃动，浪漫而迷离，仿佛一声轻叹即搅扰了车主的梦。羡慕这漫漫旅途，尽可缓缓而行悠然归去。北斗七星慢慢转动，层塔与钦天瑞庆宫隔空相望，静默无声。它们的静默蕴含对山月的深深敬仰吧，所透出的神秘灯火与载沉载浮的历史相辉映，岂止佛学和道教的双重播扬？那份厚重，为寻访者雕琢一个永恒信念。窗外的草虫细碎地蛩吟，那些探出头的花朵，用简笔勾勒出这个秋夜的散淡。

清晨，"啾啾"的鸟声点染未醒的梦。然而，当梦境与九宫山的气象交融，不再拘泥于物象本身，而是化作醒后的依依不舍。

那天，攀主峰制高点、观"舍身崖"、赏迎客松等，还愿一个个高度。回望镜头里的美景，我看到有着山水特色又具有现代创新的山城之美，收获一步一景一故事，还有充满诗意的温和……也许，每一个风景区都有自己独特的外延和内涵。这里的宁静与跌宕、柔情与永固之大美，无须格物致知，就养在我的墨里。

纵然打卡式地匆匆而过，也已触及心念，找到身心安顿之处。如此，与景物交汇所衍生的插曲小调，宛若眼前山水的大写意，充满留白和想象。

行走九宫山，我为"云水释心"而找到属于自己的风景，也为了却大姐小妹的心愿而畅然和满足。与她们延续的缘分，以及那份亲切，是我行囊最温暖的收获。

离开云中湖，倪霞小妹引用的《白云深处》的歌词犹在耳畔："山通山路盘路，云卷云雾锁雾。山是我的魂魄，路是我的脚步。云是我的笑容，雾是我的泪珠。你问我的家在哪里，我的家在白云深处。"

早春，德国小城魏玛还沉浸在冬日的意象里。雪花扬落，渐渐隐没埃特斯山清晰的轮廓，露出蜿蜒的伊尔姆河尽头的一片锌白。红顶房屋不见缥缈的雾，白茫茫的大地美好如斯。

魏玛大剧院门前的青铜雕像——歌德和席勒，傲然挺立在冰雪之中，携手默默凝视远方，成功地搭建起帝国文明的高度，不动声色地将那个文化黄金时代呈现眼前。也许，当春风拂过大剧院的时候，整个小城都可以聆听到这里上演歌德、席勒的剧目：《浮士德》《威廉·退尔》。古典的叙事、宏大的乐团、深情的旋律，共同奏响了一个伟大的时代。它独特的诗歌体裁，吟唱着特立独行的浪漫主义史诗。

这座风景优美、古色古香的城市，曾经被誉为19世纪崛起的魏玛共和国。歌德和席勒在魏玛，如同空气一样无所不在。行走歌德广场、席勒大街，无不让人感到剑将出鞘的隐隐光芒，以及撼动世界的内在力量。

悠悠古意中，深情跨过歌德故居的大门，仿佛进入一个太平盛世。宽敞的房屋，豪华的装饰，雅致的花园……透过书柜的藏书和矿物标本，依稀可见主人读书、写字的身影。壁上条幅、油画褐色边框光致而古旧，犹如一本本大辞典，浓缩一个时代的影像，徐徐打开。倚窗侧耳，便可听到嘚嘚的马蹄声，还有广场上演奏的多情的圆舞曲。后院斜倚的草木，深掩春日的宁静，那些细细密密含苞的花蕾，淡雅而深远，像歌德隽永的文字。

风吹起窗纱一角，从寂静的一本本馆藏书前走过，侧目便看见那本熟悉的《少年维特之烦恼》，顿时欣喜莫名且又悲不自胜。那一瞬间，一种无言的感动萦绕心头。这本书曾经载着我的往事，陪伴走过经年。至今仍然隐约记得侯浚吉的译本《少年维特之烦恼》中的句子："能给你带来幸福的，也能给你带来不幸。""漠然于世吧，一颗微微激动的心。是这个摇动的大地上，痛苦的财富。"作者以书信的方式逐步深入，为我打开另一个世界的大门，呼吸到不一样的新鲜空气。维特的内心独白将他的敏感、狂热、脆弱跃然纸上，读来为之愕然。他鄙视逆来顺受与循规蹈矩，崇尚自然、渴望自由、向往纯洁的爱情……这一切给予我最美的启蒙。然而，年少的我哪里知道，这本书初版正值德国文学启蒙运动"狂飙突进"时期，书中的文字竟然如救世主般挽救了无数压抑的个性、深陷黑暗的灵魂。主人公的爱情悲剧，不仅展现了18世纪中期德国青年对社会的愤懑，也凸显了鲜明的时代精神，因而被视为文学界最有影响力的文学作品。

在岁月渐长的后天教化里，这份阅读的新奇被我小心翼翼地珍藏，成为记忆中的宝物。今天来到这里，再次解读《少年维特之烦恼》的宽泛意义，以及深层、丰富的意境与内涵，逐渐明悟人的成长并非易事，从"天真"走向"成熟"的过程如此艰难。我以为，一个人的精神成长，以其笔下成长者的同构性与互文性，除了探究，更有文化之间的相互打量和融入，所以才如此亲切可感，生动可读。尤其作者将亲身经历倾注于文本之中，注定最为契合青年本质，并隐藏年轻人的视角，成为年轻人交流的逻辑支点。"人们总是在逃避命运的路上与命运撞个满怀。"从年少初读到现在深读，面临人生起伏，这种超越性的故事，告诉我如何理解自己曾急于成长又难忘少年的复杂情感。而真正动念深情的，是现实与历史两种时空里交集的力量。如此，细细端详这本书，从而深入自己的成长世界，唤醒美善，启示向往，回望信念。

穿过一条街向北，即到达席勒故居。行走期间，不禁思如絮下。歌德与席勒这两位文学大师之间生死相依的情缘，给后人留下多少动人的故事。他们初遇于卡尔学堂，歌德被邀请为获得三枚银质奖章和医科结业证书的席勒颁奖。领奖时，席勒亲吻歌德的礼服表示感激，因不敢抬头，歌德的目光越过他的头顶而无交集。如此生动的场景，至今想起仍觉遗憾。而机缘却在"吾谁与归"之时，迎来了"引为同调"。1794年的某一天，席勒在这条小路来回徘徊，内心犹豫不决。因为他写给歌德的那封热情洋溢的信，以及对其作品难以企及的向往，使他受邀与歌德见面深谈。此时歌德如同魏玛公国的文化轴心，无疑也是吸引席勒前往的最好"万有引力"。这段神奇的友谊源于顿悟，最终化为现实。就这样两人凭借文学感知相识相知，相得益彰。在创作上思维碰撞，生出灵感火花，双双达到巅峰。

他们分别完成著名诗剧：《华伦斯坦》三部曲和《浮士德》第一部。可谓：莫逆之交，惺惺相惜。因而也成就了魏玛古典主义。这座三层小楼，不仅记录了两人的历史性启程，同时也见证了文学带给小城的深远影响。

缓缓步入三楼，墙壁低调的浅绿维持空间的平稳，营造出一种明媚清新的色调。这里是文学爱好者不容错过的朝圣小屋——席勒曾经的工作室和书房。初春的太阳透过黄色窗帘，散发明亮的光，很多古旧的细节都复活了。就连靠窗书桌上的羽毛蘸水笔、墨水瓶、镇尺、烛台、鼻烟壶也灵动起来。席勒俊美的形象也栩栩如生。我仿佛看见他端坐书桌前，细细啜饮小杯咖啡，缕缕香气似乎与翻动的书页间的墨交织在一起，弥漫整个空间。我仿佛看到他斜靠病榻，忍着病痛，艰难地写完《墨西拿的新娘》《威廉·退尔》……温善的目光，美好的心声，似乎都可通过空间传递应答。那首熟悉的欢乐颂："欢乐女神圣洁美丽，灿烂光芒照大地，我心中充满热情来到你的圣殿里，你的力量使我消除一切分歧。"从两百多年前荣耀至今，它不仅颂扬人间高尚的情志，同时也是文学史上最庄严的礼赞。

徜徉魏玛小城，真正感受到它的无穷魅力。那些掩映在树木丛中的中世纪建筑，以及富有田园诗风的公园，还有矗立街头的座座名人雕像，都保藏一个个典故和说不完的故事。那些博物馆，以及包豪斯大学、李斯特音乐学院，无一不赫赫有名。魏玛成功地融合历史，并成为一座具有古典韵味，又具有现代气息的历史文化名城。

夕阳西下，我沿原路返回。脚下这条路，留下多少朝圣者的足迹，只有路知道。想起一句禅语：你来过，风知道。哦，一群大学生放学，其中有我的女儿呢。她选择魏玛，也让我对德意志精神之都多了景仰和向往。今天，我终于来到这里，完成了这场心灵与历史追寻之旅，了却心愿，不淡忘。

在年轻背影中，我看到了歌德。噢，歌德欢迎你！我朝着他手指的方向望去，便看到一束如炬的光。冥冥之中，好像听到他的声音："在一切德行之上的是永远努力向上，与自己搏斗，永不满足地追求更伟大的纯洁、智慧、善和爱。"

"人在一生收获得再多，莫过于得到上天的启示。它如何使物质化为精神，它如何呵护精神之创造。"

城堡·醉红

初春的布拉格，依然沉湎于冬的肃然，唯有城堡的红，给人慰藉和力量。

沿着伏尔塔瓦河前行，湍急的流波激起的晨风，裹挟着温暖的诗句，在我的衣履上写满抒情的文字，并散落下可爱的音符，仿若斯美塔那的交响乐《伏尔塔瓦河》缓缓奏起。

逆光中，查理大桥两侧的雕塑直指苍穹，置身另一个时空，远古之声不绝于耳。驻立在被誉为"欧洲的露天巴洛克塑像博物馆"的桥头眺望，红色城堡耸立蓝天下，哥特式、巴洛克式的尖塔远近交叠，显得异常深沉凝重。白云如水袖般缓缓舒开，时而漂浮桥面，时而绕着桥墩转动，神秘的气息扑面而来。文学大师卡夫卡三岁就盘桓在这座桥上，与桥一道融入风景。桥下流水汩汩，载着这个少年的沉吟随雕塑的经典故事而迂回绵延。或许他的智慧启蒙和之后的写作灵感就来自于此吧？古老的大桥不仅见证他的敏感、脆弱、彷徨，也见证他的人生起伏。他曾深情地赞叹："大桥晚上展现着奇特的夏夜之光。"我承泽卡夫卡心中的那份明亮，目送大桥向对岸延伸，朝着"守护神"圣约翰的雕塑而去。岁月斑驳的印记，暗淡了褐色的边框与墨色的匾额，却掩饰不住圣约翰头顶的金星闪耀。我虔诚地伸手触摸，祈愿带来好运。

穿过赫拉德恰尼广场，巍峨的古城堡矗立眼前。自古以来，城堡就是沧桑厚重的史话经典。从它的开建，到王宫教堂塔楼的叠加，大如城池。它不仅是历朝历代君王的居住地，也是宗教的高地，因而城堡的主教大殿魁然独存、令人瞩目。时代氛围虽不复曾经的雍容，但仍引领信奉者的精神生活。品读正门的精美壁画：瓦尔德斯坦伯爵的族徽，仿佛聆听悠长时光的音律。它神秘的标记，如一面铜镜，折射出血缘之外的另一种密切联系，并引导人举心向善。它的宗教意义，远远不止认同而产生的信念和身心的皈依。殿内那些藏书、仪式器具等，或许正是今天我们看到的墙壁式、镶嵌式大型图书馆的源起吧。由此我想到那些明清时期到我

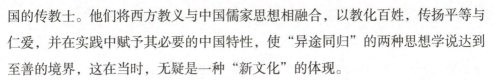

国的传教士。他们将西方教义与中国儒家思想相融合，以教化百姓，传扬平等与仁爱，并在实践中赋予其必要的中国特性，使"异途同归"的两种思想学说达到至善的境界，这在当时，无疑是一种"新文化"的体现。

然而，细细揣摩卡夫卡的《城堡》，却大相径庭又别有意境。《城堡》是一部充满寓言性的作品，揭示了人类在荒诞的生存困境中的挣扎，并通过主人公的努力超越了现实局限。就像开篇所写："城堡的那个山岗笼罩在雾霭和夜色里看不见，连一星儿显示出一座城堡屹立那儿的亮光也不见。"卡夫卡用虚构的记事来书写真实的现实。文中的城堡居高临下，象征集权和权威。主人公K竭尽全力也未能进入城堡，就像卡夫卡寻找回归家园的路那样艰难，却又不言放弃。也许，K的奋斗只为真理，只为实现某种理想。而"真正能够把握的东西——神秘和黑暗，上帝就住于其中"或许更深切地表达了卡夫卡对神性的渴望。

徜徉城堡，一步一景，美轮美奂。圣乔治教堂外观独树一帜的红，被我视为心中最鲜亮明丽的建筑之一。它墙面的颜色像杏红与深红的融合，又像魔幻紫水晶一样保藏着高贵与神秘。它包容古典和现实的先锋色泽，别有一番情致。精巧的拱门之上镶嵌着玲珑的窗，红色窗棂间的圣约翰雕像，仿佛亘古的图腾，与查理大桥上那尊圣约翰雕塑相呼应，碰撞出不肯熄灭的火花。圣乔治教堂的双塔如《城堡》里K的回忆："城堡由下而上越来越细、越来越尖，均整有致。"从这里的红砖、红壁、红顶等变化重叠的曲面里，仿佛看到年轻的卡夫卡正行走其间。他孤独的身影投射于红色墙面上，如一位清逸的隐士，具有重叠的层次之感，又有莫名的虚幻与诡异。或许，正是这里的所见所感，触发了卡夫卡的写作灵感，伴随他一生一世。

那个喧闹的中午，一地白晃晃的阳光。握着《城堡》读本，我和女儿找到黄金小巷对面一家小小咖啡馆。倚窗而坐，心中流过三月的芬芳，杯中弥漫淡香。侧目便看见卡夫卡书屋深邃的目光，让我觉得经过这里，犹如蹚过百年绵长的岁月。手中朴实无华的书页已然发黄，旧式装帧如此郑重与呆板。我不时地翻阅着，追想着。80年代当兵时的阅读爱好，如今身处故事发生地的城市，用一个暮年的心境重新阅读，是不是有着时间和空间的重逢呢？是不是穿越时空的旅行呢？不同国度的邻座者，好奇地打量，用会说话的眼睛与我交流。这种和谐氛围让我感到乐趣。彼此会心地点头微微一笑，权当不同文化的交流吧。旅行的确可摆脱日常的樊篱，此时，我隐去自己的日常角色，尝试着另一种人生。

黄金巷22号，卡夫卡曾经居住和写作的地方。门面不大的小屋，浅浅的淡蓝，冷色的格调。阳光透过窗斜洒在摆满卡夫卡书籍的橱柜上，满满的、淡淡的。那张轮廓鲜明、眼神忧郁的照片，始终看着来往的游人，仿佛时间停驻，魔幻而有趣。那些留有卡夫卡痕迹的烛台、旧邮票等，带给书迷们念想，也平添几分神秘色彩。

诚然，我感触最深的还是那个大雪的黄昏，卡夫卡回到这里，弯腰进入低矮狭小的房间。在恐惧和孤独、压抑和迷惘中写下带有寓言和多层含义的文字。今天，透过低矮的窗，透过《乡村医生》等作品中的人物故事，我真切地感受到他书写时的心跳和呼吸。面对这个连转身都显得局促不堪的小屋，面对卡夫卡的写作环境与生存状态，我顿然明悟了他那句名言："笼子在等待着一只小鸟，而我这只鸟却在等待一只鸟笼。"在他的世界里，总有无形有形的牢笼始终追逐，并使其为自由所累，而自由往往却被自己困在了无法触及的远方。

伫立黄金巷22号门前沉思良久，不忍离去。抬头便看见城堡默默俯视山下，含容无尽。如此宏大的建筑，聚集着时代的繁华与富裕，该有着怎样的历史云烟。转身面对这间平实的小屋，如此寒凉，巨大的反差无以可及。然而，青山绿水之间，小屋与城堡因缘而合，相互相生，一直见证着彼此的命运。这条小巷也因卡夫卡的名字，闪耀着黄金般的光芒。正如他的好友说的："卡夫卡就是布拉格，布拉格就是卡夫卡。"

这样的旅行、阅读与思考，不被喧闹所扰，不被气氛所动，漫步于景中，默为静。所谓："心静即声淡，其间无古今。"大概便是这般场景吧。初春含苞的花已令我看到绽放的喜悦，也让我读懂《城堡》的深刻与莫大的伤悲，同时也有一种他乡遇故知的慰藉。穿越时空，我得以贴近那个敏感的心灵。于是，我记住了卡夫卡说的：

"他的眼睛望着前方，不再凝神深思。孤立于所有人之外，但是自由且冷漠。"

"不要失望，甚至对你并不感到失望这一点也不要失望。恰恰在似乎一切都完结的时候，新的力量来临，给你以资助，而这正表明你是活着的。"

卡夫卡飞扬的文字，有着无限的清秀与纵情的旷达。那是他留下的箴言，和着这份亲切的"遇见"，这个初春，更有我满载而归的拥有。

灰色·明朗

初春，德累斯顿还没有露出春的痕迹。易北河两岸精美的巴洛克建筑安然矗立；古老的奥古斯特大桥将新城与老城紧密相连；宽阔的布吕尔平台被厚厚的积雪覆盖。行走露天阳台，斜睨王宫顶端可见展翅欲飞的金人像，以及神态各异的雕塑，还有无数散落的历史遗迹……昔日的典雅华贵与今日的似锦繁花便交替浮现于眼前。

然而，她又自带苍茫的灰色。那种直视就忍不住落泪的灰色，近乎忧郁的沉重。这座在第二次世界大战毁于一旦又奇迹般崛起的城市，流贯着帝都王城的气韵，默默承受战争的创伤，创造废墟上的神话，并探寻世间万物存在的奥秘，看到上帝和永恒。

城中修复的建筑，现代元素与历史风貌浑然天成。然而，外墙面和柱体镶嵌的灰黑色系，却那么突兀地存在，触目惊心。它们绝不是装饰或艺术涂抹，而是历史的伤痕。即使相机捕捉的画面只呈现局部，如钟表、形状各异的窗口、雕塑，乃至墙上的斑驳，也掩不住过往的悲情。而严整的秩序感，又无不令人肃然起敬。这些建筑，不仅栩栩如生地再现了历史的重大时刻，也警醒人们铭记过去，珍爱和平。

时间不可逆，无声无息地证明一切。德累斯顿走过繁华，走过沧桑，为世人留下一部跨越世纪的"印象集"。此时，若置身早春薄暮王宫城堡边墙，抑或教堂的光影下，仰望尖塔和穹顶，侧耳便可听到巴赫、舒曼等艺术家的倾情演奏，感受到画家贝洛托等笔下精致细腻的风景，还有教堂沉潜、悠远、回荡的钟声。此时若细细打量森帕歌剧院、茨温格宫、历代大师画廊……一定能够清晰地感知时间与空间的转换，以及古老荣耀中饱含历史文化庄严。

也许，那些潜心修复废墟神话的设计者，以视野切入绵密思维，珍视历史常态与异质，把叙事立于传统之中，游弋于原始故事与新学说之间，加之在场与辐射的双重融合，才使得修复后的建筑与原先有着相同的审美意境。如此，人与时间、艺术、美学的交集，就如林徽因说的那样：立体的勾画。

在圣母大教堂重修捐助者长长的名单中，德裔生物学家君特·布罗贝尔赫然入目。他八岁时避难于德累斯顿几公里以外的小镇，目睹了古城战前的壮丽与战后的惨烈。

徜徉森帕歌剧院，那些质感厚重的大理石柱与欧洲著名雕塑家约瑟夫·马内斯设计的"天文钟"，给我留下深刻印象。这座巴洛克雕花宫廷剧院的舞台御用乐师长瓦格纳，灵活运用插叙手法，演绎歌剧《唐豪瑟》，这部被誉为19世纪"女性救赎"的作品以其无休止的旋律打动了无数人。

难忘茨温格宫庭院内那尊圣女雕塑，如花瓣延伸的曲线，人体与大地相接，石刻轮廓烟云般摇曳着幽思与清晖，悲悯的眼神俯视亭台宫阙、雅致喷泉、精致草坪、花园广场。

历代大师画廊，堪称世界最重要的博物馆之一。它珍藏了艺术史上众多大师的杰作。拉斐尔的油画《西斯廷圣母》，因战争辗转回到这里而备受瞩目。画中的圣母妩媚优雅，眉宇间充满慈爱。怀中的小基督紧紧依偎着她，目光满是安宁。另外一幅油画不知其名，但只要游人盯着画中主人公的眼睛，无论走到哪个角落，她的目光都始终追随着你，温暖如春风拂面，柔和似桃花盛开。

一切古意新象所形成的视觉碎片，都是一颗颗闪亮的珍珠，每一颗都是历史的造化。它们如阳光透过棱镜后分解出的七彩光谱，跳动着不同的波长与频率，交织出时光的斑斓。

穿过老城区，沿石阶走向易北河畔，两岸蜿蜒曲折的河谷，山峦延伸至远处如黛。明净天空下，古老大桥横亘易北河上。船舶行游穿城而过，"我在甲板上闭上眼睛，命运如一座悬崖，矗立于灵魂"，诗人的句子点染记忆，引入满目往事。我想起曾读过的书《易北河畔的秘密》，观过的影片《会师易北河》。文中和片里动人心魄的细节依然清晰，而河水推动的层层浪花，分明写着逝去的时光，缠绕着古与今。就像两条时间的河流，结伴而行。

望着北岸的新城，对她的印记颇为细微和贴切。新城，有她的新，也有举重若轻的民生，皆藏进经年的烟火里。易北河的自然景观与新城的天然景象自古相辅相成。设计者有意识地利用绿地，构筑新的视点，绽放勃勃生机。

我女儿负笈求学，大学毕业后，从埃尔福特来到德累斯顿，有幸成为德国新一代景观园林设计师，工作、生活于新城副中心。那天，我与她穿行窄小的街道，抬头看见头顶被切割成长方形的天空，洒下一缕白色的阳光。窗明几净的办公房，墙壁和地面都是影的白，两种明暗荟萃景观园林的样本，很自然地让人联想到设计者的灵感，就来自这座古城的触发，像追梦者极有感性的共鸣。这里可为女儿景观设计的根，寻觅而得的优雅古典式设计，正如"文化的长年养育，才有一方水土的人文环境"。

这是新城内的一片园林，远处隐现宫殿的影子与现代建筑的雏形。女儿巧妙地引用四季，与自然同框，构建与周边环境和谐共生的场景，营造"美美与共，各美其美"的意境，布局这片碧绿中的点点繁花。远远望去，外围有极好的远景层次，可观可游。不但融合她自己的性情与记忆，也珍藏时间带不走的四季光阴。她说，与城市之间不再是从属和寄予，而是充满情感的对话和交流。把设计当作真正喜欢且愿意付出的事情去做，它的乐趣与回报远远超过事情本身。

回忆女儿当初发给我的几幅获奖设计图，图纸如诗歌般契合，直接把情感化为线条，精雕细琢，并用抽象的哲思表现平静。一帧帧构成的图景十分具象，像与我共享的"诗意客厅"。那种延伸现代生活的触感，巧妙地将设计引入细节之中，竟如此密切而贴合。原来设计，就是隐于生活的帷幔之后露出的惊喜，持久而漫长。

女儿读城看景，两相不厌。回望一路温暖而艰辛的旅程，这份执着与真情，从过去延伸至未来，成为时光最美的见证。

如今的德累斯顿，既有宁静安逸的老城大学区，又有喧闹繁华的新城商业圈；既有宛如仙境的小瑞士国家公园，又有历史气息浓郁的宫殿楼宇。居住在这里，不仅有德国人的沉默与内敛，更有一份中国式小镇的平和。而我仍然会时常想起格哈特·霍普特曼1945年说过的话："忘记如何哭泣的人，面对德累斯顿，又重新找回泪水。"也会时常想起这座古城自带苍茫的灰色，以及灰色中的明媚，明媚中的新锐和摩登。

正是尚田小满天

　　小满，小得盈满。

　　在年中最好的时节，我慕名前往尚田小镇。车行至无锡洛社高级中学，连绵的阴雨停歇，天忽然就放晴了。路边合欢花细微的纤缕，将我的心缩成丁香结。校门两旁长长的古诗墙映现洛社旧时的天地景象，而又散发温暖爱意，不经意间引我走近。流连于廊檐下，阳光从细小的齿棂射入，整个墙面涌动着金色的波纹。《洛社八景》《兰溪十景》《吴门道中》，首首词牌像镶嵌的精致琴键，轻轻拨动，浓浓的家国情韵便洋洋盈耳。潺潺融融的粼光，交织江南水乡文化，跌宕而舒缓。这一道围栏，呵护着学子的诗心，以古诗为媒，向世人洞开一扇洛社历史的窗口。

　　车驱风动，缓缓驶过宏文桥，古诗墙渐渐模糊，"莫放春秋佳日去，最难风雨故人来。"未来的日子，我会常回洛社，品读诗墙这座书本之外的文化景观与教育精髓，打卡古镇，重新成为她的子民。感谢诗墙的存在，给予生命以丰美与审美。那些岁月留下的缤纷期许，理应执着守诚。

　　悠悠运河边，古雅自然来。

　　巳时到达尚田小镇。初夏极清，运河两岸稠密的绿紧致后，复又宁静，没有了春日的动荡。村头画廊"以俭持家，以孝养家"的标语，恪守长孙道生的家训格言，喻示着村民的文明新风。沿着宽阔的洛石路走向小镇腹地，朝南巷栗色的矩形回廊，尖顶翘檐的房屋，整齐划一的门面，巧妙分布在街巷两边。安庄田园观光带温善的网格，满满的平安喜乐。葡萄架绚烂之前的寂寥，带着乡间独有的凉意。对面隐隐如霞的桃林，叶色渐深，桃儿长成，迎来一季繁华。驻足洛玉路的中段，远眺大小清澈的池塘，有名的尚田生态景区……走近这些景物，与之对话交流，得情忘情，又何曾心念过她的前世今生呢？

　　试图建立一个时空概念，通过村道、民房等物理空间，把相关联的景物装入特定的时间轴里，任凭穿梭游弋。然而，现实打破我的想象，不需做任何铺垫，昔年生活的片段呼之即来。老屋边那条小溪淙淙的水声，就像祖母轻唤我的乳名诉说着不舍的叮咛；运河北岸飘动的柳条，就像母亲温暖的摩挲，于无言间传递给我。哦，原来这里不是简单的空间，而是保有新旧生活对比的乡愁之地啊。

多年前来这里，万新村满池的莲只剩残叶。白荡分割的数个鱼塘，积满淤泥。长满杂草的水凼少有鱼儿游动。然而短短几年的努力付出，它一跃成为"全国环境优美乡镇""国家卫生镇""全国文明镇"。轻轻细数时间开出的珍贵花朵，无不惊叹"特定节令"带给小镇不同凡响之大美。睹物思情，正好对应古诗墙上的那句："桑柘影斜春社散，家家扶得醉人归。"

走进由农家改造而成的主题民宿，民宿新文化的帷幕徐徐展开。明清建筑风格，梁间紫燕呢喃细语，润物无声。漫步清风小院，神往的隐士之梦触手可及。院角的枇杷树结满果实，满冠无忧扇似的叶儿，深植土地的根、玉色的肉、卵形的核，都潜藏着药用的秘密，被誉为不负日月精华的宝物。古诗墙上那首："佳期若有待，芳意常无绝。"正是这般情景。

沿着门前小路走向田野，远景和近景断开，进入童话般的世界。仿佛看见年少的自己挽起发辫，拎着竹篓行走田间。头发、衣襟、脚踝沾濡泥土，心儿融入温暖土地，成为小小皈依。层叠往事重合于眼前这片绿色的场景里，依然能辨认出满身泥水的自己。虔诚俯身抚一缕青苗，淡淡草香弥漫，丝丝清甜渗透生命，迷失又醒觉。

主人热情地捧上农家饭菜。肉的脆感、鱼的鲜辣、蔬菜的嫩滑。鲜香之外的柔与韧，带给舌尖不同质感和丰富享受。牖牖牖边一树杨梅，深紫深紫的，像覆过头顶的颗颗精灵，演绎一曲水月洞天，天长地久。

夜色如织，灯光柔美的晕圈，将树木与房屋氤氲成梦幻般的古堡。月儿挂在树梢，圆而未盈。一首现代诗《小满夜思》头尾道来："小满时节夜未央，月华如水照轩窗。微风拂面送凉意，繁星点点映天光。"仿佛提醒我们生命的美好不在于圆满，而在于那份未满的期待与希望。

清晨，薄雾渐起，露珠自叶间滑落。门前的荷塘、院中的花朵、田野里的青草，都在这晨曦中苏醒。我静立门前，聆听自然的低语，凝视这四季更迭中的家园美景。

小镇多元发展，过去与现代交织，时尚而新颖。然而，无论它如何变迁，它永远是我心中最深的牵挂，我会常常回到这片土地，感受它的温度与记忆。

教我如何不想她

"天上飘着些微云，地上吹着些微风，微风吹动了我头发，教我如何不想她……"这首儿时吟唱的歌谣，陪我走过年年秋天。

时光荏苒。《教我如何不想她》这首脍炙人口的诗歌已传诵百年。然而，今天仍然能倾听到它载着爱的沉吟，丝丝缕缕，轻轻游动，熟悉而亲切。它引发对逝去岁月的感悟，加深对澄江历史的记忆。我知道，那是作者的喃喃低语。

记得那年清秋，已过金钗之年，我忽然迷上了书柜里那本诗集：《扬鞭集》。彼时与弟弟妹妹三人，腻在书房里，争相翻阅，围着沉香木桌读着说着，为《教我如何不想她》诗中的"她"是一位漂亮姑娘，还是指代天上云朵而争论不休；又因弟弟幼小懵懂而笑作一团。祖父端坐藤椅上，扶着眼镜看书，平和地笑着。摆满书报的古朴茶几上，兰花瓷杯氤氲的热气，漂浮满屋的茗香。心想，只有这里才配得上读《扬鞭集》啊。

少年的梦圆融于桂花的金风玉露。阳光斜进窗棂，隔着纱和我絮絮低语。流动的金黄越过思绪蜿蜒着，疏枝里温润得尽是美好。悠悠穿行桂树下，花瓣簌簌地落满一身。此时默念"西天还有些儿残霞，教我如何不想她"，如同高音雾时明亮，演绎一曲《秋日放歌》，那些"蜜也似的银夜，水面落花、水底鱼儿……"

书香有爱，岁月如歌。

如今，我依然活在对文字的崇拜里不离不弃。十月的江阴古城静谧。行走在老市西横街，寻觅刘半农诗歌的影子。"刘氏三兄弟故居"茂密的树枝蔓过屋檐，漾起一帘幽梦。门前傲然的铁树含笑迎候，走近便若久别的深情。整齐的环纹瓦当，似那个时代仅存的一段慢镜头胶片，透着"青瓦长忆旧事雨，朱伞深巷无故人"的清凉。墙角斜倚的一树桂花，深掩金粉的宁静，细雨般洒满我的衣襟。

徜徉于独具江南特色的老宅，风中自有禅意。宽敞的厅堂，温馨的卧室，整洁的书房，镂刻的门窗，雕花的靠椅，回字形镶边的木桌，锈蚀的锁环……古朴

的华贵之气，难掩清末时期的辉煌。

凝视思夏堂屏风上的《朱子格言》，家风家训掠过脑际。壁上的条幅、图文、照片，犹如一本本袖珍词典，浓缩一个时代的影像，向我徐徐打开。方形天井古意新象，透过廊檐，便可看见天空飘动的云朵，飞翔的雁阵，以及树荫下的碎影，还有主人儿时读书、写字、弹琴的身影。书里的纹理，微黄的纸质，散落或拾起，都是成长中的章节。风吹起窗纱一角，看着一本本藏书，在寂静的书架间轻轻走过，只有那本《扬鞭集》，只有那首《教我如何不想她》，载着我的往事，伴我走过经年。

漫步清风小院，曾经的神往之梦触手可及。藤蔓攀骑墙头，屋顶瓦缝间探出渐黄的蕨草，地砖裂纹处的绿植连成条条柔美的绸带。屋面瓦垄檐口的造型，凤楼鸳瓦，精美无瑕。它百年属性，凝结瓦端，带着主人的精气，绵长如久远时光的呼吸。萧萧的黄叶随风轻落水井边，结束一季的繁华。伫立在高大的树下，刘半农的"枯叶在冷风里摇，野火在暮色中烧"的诗句萦绕耳畔。传统比兴所咏之词，隐含哲思抑或悲喜，伴随四季意象流转。此时院墙外伶人细乐生喧，如影随形，一曲锡剧《红豆魂》，隔着时光的水岸余音袅袅。她悠悠吟唱的是故居主人的跌宕人生？还是小女子的红豆相思呢？她嗓子里的一抹青色镶金嵌银，是戏里的华贵与寂寞，还是光影里的似水流年呢？如此吴侬软语，与《教我如何不想她》组合，何等巧妙，多少情可以表白，说尽一代人的风雅隽秀。刘半农的诗歌以"微风"起兴，好比唐·元稹的《遣悲怀》，哀矜而淡婉。也许这就是独属他的时代和纪念吧。

沿着曲径通向后窗，窗外小小的竹园，被两面墙体宠溺地拥入怀中。株株丛生竹鞭根延伸，新竹长成。翠色遮映粉墙，别样幽静。像《红楼梦》里的潇湘竹，泪痕点点，幽怨缠绵。亦像《笑傲江湖》里幽篁小筑，竿竿临风玉树，叶叶风骨不俗。刘半农诗云："我到北地已半年，半夜醒来一宵雨。若移此雨到江南，故园新竹添几许。"这首灵动的《听雨》，耿耿照见的不就是这片竹园吗？

这里的一切异常恬静。岁月涵纳老宅的古旧、厚重与残损。时代变迁，小小世界就是一部历史。它明泽的意象，以及旧时代文化折射的图腾，留给我们的不单单是情怀，更多的是时间节奏下的思考。百年岁月，百年故事，不仅唤醒现代人的历史意识，也深化年轻一代的自我认知。相信这里潜藏的文化精神，会吸引更多仁者恭敬地走近、尊重、敬畏。

感谢时光的恩惠，让我再次来到这里，寻找生命与诗歌的"结"，还有结儿所绾成的悲喜交集的牵绊。从新与旧、存在与消失，以及苍老的意象里，体味无言的深刻。

离开故居，秋风多了几分沉重。夕阳西下，江南已是一片薄醉风景。不禁想起陆游的《秋思》："衣杵相望深巷月，井桐摇落故园秋。"那就以这首诗为结束语。

涵田之境，隐喻于心

茅山涵田酒店的空气明显凉爽许多，山风足可以吹散中伏的燥热。远处山峦起伏，九霄万福宫云雾缭绕，这一切昭示我已来到风水宝地。

久居城中，总想到乡村静下心来，享受那种小桥流水、蛙声一片的清新自然。每年的"八一"战友聚会，已然成为盼望而又期待的共享盛宴。

伫立在涵田开敞式的门庭，心情豁然开朗，仿佛所有的琐事都丢在脑后。挑高的大厅直通二楼客房，楼梯处用树形浮雕贯穿上下。竹木元素与现代化装潢相得益彰，浅绿色地毯的点缀更添时尚气息，整个空间充满了艺术氛围。

走进客房，"回家喜及辰"。卧室的瓷砖背景墙，阳台的藤条靠椅，以及通往户外的路径，都凝结着设计者的匠心独运，透露出与自然的和谐。一种回归自然、宁静悠闲之感油然而生。

"采菊东篱下，悠然见南山"，桃源般生活大抵如此。若能从涵田之行中启悟亲近自然的真谛，便已足够。相信每个人都有归园田居的梦想，但却鲜少能实现。梭罗的《瓦尔登湖》纵然令人向往，却世间罕有。他与自然的相处之道，既是对实现自我价值的无限挑战，也是伤后复原的无穷力量。因此，信仰的"隐喻于心"，是陶渊明归隐田园的傲然独立，是严子陵著述归隐所流露的淡漠名利。如此，只要心中崇尚自然，即使不置身于田园，也能为自己留出一份清净天地。

自然之光，给予景物不同的侧影。年年今日，我们都欢聚于此，那些留下的痕迹和被时间带走的痕迹，早已深深铭记。它如一部厚重的书，随意打开一页，就会发现连缀的线条；每个章节，都是一个经典故事的引擎；每个段落，都描摹着组织者的运筹帷幄。这些深情的记录沉浸于绵长岁月，洞悉了时光的深邃，斑驳了记忆的痕迹，缓缓越过时空，走向深处。它属于军人，被无形的力量承托着，在心里永远洋溢着感恩。我以为，人生如此山长水远的缘分，既有靓丽的炽热，也有温软的柔情，都在这夏日之光里，照见彼此心底的自己。

湖边的菖蒲碧绿，也清也幽，秀而不媚。像明末胡正言的小筑《十竹斋》，这般清雅。当小鸟翅膀扇动出扑棱声音时，细细碎碎得像无数人世间的低语。晚霞缓缓落下，晚风轻轻吹起，沿着延伸的栈道前行，每一步都仿佛踏着隔年的记忆，清晰如昨。侧目望去，似乎能窥见老兵隐秘而错杂的心绪，仿佛还能听见"八一"单号在心头回响。真的惊异这个季节的绝妙，深藏的另一种景致。眼前的粼粼湖面，映现军人自身属性和气质的回归，以及他们内心积累的智慧与信念。所以，无论是个人还是集体，军人这段经历，都可以与自然和谐共处，与时间美好计量。如同用切割下的一角时光，缝补在今天的时空里，精致而古旧。

穿过长长的回廊，脚下覆盖着一层水渍侵蚀的残红，不禁想起那句旧诗："残红欲尽时，秋气满屏帏。"哦，人生之秋就在不远处。

欣喜于江苏华海集团印有"95"字样的军服。穿上它，仿佛穿上一部行走的历史。它由文字、军徽、字符、布料等元素交织而成，成为一个生生不息的时间窠巢。每一件军服都是一段历史的缩影，把不同年代、不同的军服罗列在一起，便呈现出一部立体的时间表。我迷恋这种军队元素辐射出来的草绿图腾：那是军人独自拥有的色泽，是钢铁长城绵延起伏、永不停歇的文明象征。

多少次穿着印有字符的军服合影，含蓄笑容的背后，是自信与美好，无以言说。还记得当兵后的初次合影，那时年轻，心性清浅，喜欢热烈，对含蓄并不在意。若干年后，才明白诸多细节之美就隐藏在岁月深处，那些笑容的甘甜需慢慢感受，方能真正领悟。时光从不偏袒任何人，它过滤和筛选这些老兵，如同沙漏中的细沙，沉淀出岁月的重量。部队承载的过往，也不愧精神曾经的下榻之地，留下时间节奏下的思考。

一切都来得及，包括这欢聚的时刻，清凉的绿意、繁茂的花朵，还有那些陶醉过的美妙时光。屏幕上打出军人风采的图文，映衬碧蓝的天空，那般明澈。

涵田之境，隐喻于心。

山中水月无古今

　　江南天台山之行前，我一直细读《寒山诗集》。米色的纸面，繁密的注释，字字皆清逈。禅诗语义凝练，隐喻、回环、互文等意象纷繁。词句节奏跳跃，更显张力。因而那个曾经留下唐代诗僧寒山踪迹的寒岩村，也成为最向往的景点。

　　申时抵达龙溪，秋风早已吹过天台，树色渐深，红叶沉香。绵延起伏的紫色山峦，天地间流动的和暖仙气，悠悠余韵回转不绝。

　　那晚，住寒岩村。

　　多年前来这里，民房散落，灯火稀疏。田野断芒的稻桩长出细细的绿须，随风落寞摇动。普通山村生活在自己的日色暮光里，节奏缓慢。然而短短几年，这里不仅打造了寒山隐居地的经典景点，还将"和合文化圣地"踵事增华：新颖时尚的文化礼堂，传扬文明之风；盈盈花香的青莲一路，弘扬社会正气。

　　细细端详村口石雕——"和合"，像两朵含笑的花儿，又像一对亲密的恋人。它的每一笔都寓意美好，每个字都融进祝福。

　　循着潺潺溪水，穿过花园小径，客栈小楼即在眼前。踏进门扉，顿生归家般的温暖。客厅宽敞，卧室温馨。仿佛回到往昔的宝居，年少时的书房。月光洒落窗前，光影交织幽深而静谧；疏落安排的细节，处处昭示主人的匠心。这里不仅满足旅人返璞归真的渴望，更让人与自然融为一体，在宁静中纵情释放自我。

　　清晨，厨间的小厨娘焙茶、配点心，娇小的背影若隐若现，仙家风味生活自在安逸。云雾茶香袅袅，荡漾出江南的富贵气息。软糯的桂花糕，甜而不腻；小巧的生煎包，酥脆可口。据说主人的茶并非每客皆奉，焙茶技艺可追溯至唐代寒山的品鉴传统呢。

　　白露以后，天渐薄凉。村道旁的绘画墙依次排列，环纹瓦当上的霜花透着凄清。唯有画里的荷，面若凝脂，含情脉脉地呵护着："合和，礼之用，和为贵，君子，和而不同。"向游人寓示世间的禅理，以及"圆融共生、包容和谐"的和合文化。先前对《寒山拾得图》的认知，此刻愈加清晰。

不觉已近巳时，漫野白菊，星星点点，温和散漫。摘一束捧着，沿着村口小路向寒山隐居的洞窟走去。寒山过往的履痕早已遮蔽于古道之中。而石阶完好，线路明晰，依稀可辨诗僧的修行漫道。远处的山、近处的林尽染如画。暖暖的秋阳，天空升腾的白云，仿佛随着手中沾濡的花香，飘向寒山居住的室庐。

寒岩洞窟邃深肃穆，充满厚重的气息里，却流动着俊逸的清新。壁内"寒岩洞天""小清凉"摩崖石刻清晰可见。抬头仰望，岩石浑然天成，似云饰穹顶。深处香案旁，身披袈裟的小沙弥颔首低眉，虔诚有加。绕过洞窟东边远眺，白莲云雾缓慢游走，巍峨山脉挥洒出轮廓分明而又逶迤的线条，千仞绝壁雕刻出自然的邃密。此时，寒山《山居》隐现："杳杳寒山道，落落冷涧滨。啾啾常有鸟，寂寂更无人。淅淅风吹面，纷纷雪积声。朝朝不见日，岁岁不知春。"全然山居意象，毫无山野之风，只有超然物外的隐逸。诗词融合本真，以佛禅"写曜"内心，描摹寒岩高山深壑中的景致。"杳杳""落落""啾啾""淅淅"等语义中的色彩、空间、有声、动态感，使诗词笼罩一层幽冷的气氛和整齐的形式美。洞边寂寥映衬出山间幽静，鸟鸣声声。诗中叠字，各具其状。或山水，或情境，回环往复。

思绪伴随迟疑的脚步，不经意已至洞窟正面。寒岩洞口，空旷寂静。秋草依依，满冠红叶，把天空衬得高远。侧目便看见石龟、石蛇翘首望天，形影相守。尤其那块"宴坐石"，像打磨出的一块玉，光洁柔和，格外醒目。不禁想起苏州寒山寺碑廊上，那段寒山与拾得的玄妙对话。字迹如风吹林动般秀丽，又如仙风道骨般苍劲。"世间有人谤我、欺我、辱我……"我那时年轻，或许觉得拾得的话太软弱。中年后才渐渐明悟其中的大智慧：让人容人，方能无亏无损。今天重温经典，字字珠玑。它所传承的"崇敬唯善，宽容忍让"，如眼前的山水，历久弥芳。洞窟丛树的簌簌回声，不止应和时间的流变，还有生命的盛衰。那面被季节染红的岩壁，那些秋日裸露的枯藤所形成的斑驳，无不让人唱叹。

下山的路幽静，天光渐收。行走其间，仿佛穿越回到唐朝：寒山头戴桦巾，脚蹬木屐，且行且吟。他的笑容平淡如菊，展袖抬臂间诗花朵朵："谁能超世累，共坐白云中。渴饮甘露泉，沁凉卧云松……"他的诗句自由洒脱，幽默有趣。苍苍剪影中，竹刻与石刻诗词奇迹般重现。长长诗词背后，荡起山林古老和声。

一次虔诚的拜谒，一次相逢的暖意，如时光在此驻足，将千年的诗意捧起。就像摆放自家阳台小书吧的那本《寒山诗集》，抑或寒冷冬夜的枕边书，触手可及。缘文悟情，意文兼得，诗集又何尝不是宗教和梦想的精神使徒呢？当走过寒岩村，亲眼拜见"杳杳寒山道"，这里就像我的栖身之地一样，终于找到禅诗之梦的底里，以及《寒山诗集》里一个人与一个村、一本书与一座山的隐秘根系。

寒岩村历经世代修缮，成就"尚和合，求大同"的圣地。古代文明与现代文化经纬交织，每到一处都可枝蔓出历史典故，并愈来愈被人们重拾。叠石为山，花光树影。夕阳下的古意，宁静而雍容。

黄昏从天边携带的阴影，唤醒内心潜藏的不舍。回眸间，秋光完好，自然万物最美的瞬间都凝固，温暖如你，微笑如初。

日子，从寒山、拾得那里走来，多少岁月啊。

第五辑
晓来花片落春风

散文诗的秘密，只有通过融入多重元素，以多重视角描摹，不露声色地转折收敛才能获得。记得最初默诵的散文诗是柯蓝的《早起短笛》。语言天生的强力性，冠词和副词的绝妙运用，给予我最美的启蒙。

红叶萧萧落琴台

——红孩散文集《东渡东渡》读后

深秋，窗外茸茸落叶铺满一地，宛如一张多绒的毯子，远远地炫耀着模糊的香红。轻轻敲击键盘，脑中掠过《东渡东渡》散文集中的绵绵意境，真实而悠远。具象里温软的折角抚平过来，带给另一种林间秋色，斑斓风景。

喜欢这个时节品读作者的人生故事。品读的过程就像背靠温暖的谷仓，端坐于沉香木桌前，细细啜饮一杯禅茶。经过陈化的香气从书中弥漫，立体而有厚度。不知不觉间，禅心与文心的观照，味外之味、茶外之茶，竟然如此美妙。

《东渡东渡》，是作者红孩走过少年、走过青春，用文字挽留的一段时光。书中的每一篇文字都透着岁月不经意间的传布，隐隐展开；书中的每一页都氤氲纯善的情怀，清澈明亮。无论白描叙述，还是细节刻画，都来自命运深层洗练，带有某种意味的解析和甄别。仿佛春之灿烂、夏之热烈地沉淀后，凝固在丰盈的深秋，透彻、豁达、超然。

细读开篇，黄河之水的暖意盈怀而来。登高纵目，气象万千。黄河西岸吴堡县川口红军东渡渡口，艄公的号子声似乎还在耳畔，浩浩水波推动的逐排浪花，早已将木船载入历史深处。"君看渡口淘沙处，渡却人间多少人。"作者就像那位木船的摆渡人，经由今天的此岸，将读者渡到昨日的彼岸；再从高原圪梁梁中抽离出来，闪回荞麦园美术馆的"东渡船"陈列室。穿越时空的画面，历史的回声，强烈的冲击力，以及厚重的历史感，岂止震撼可以形容呢？轻轻抚过当年载着红军东渡的"龙船"，风化的纹理闪动包浆的色泽，透出信仰的高度，饱含老船长及后人对领袖的无限深情，凝聚川口村民对红军必胜的笃信。它独有的峥嵘气象，荣耀满庭，早已被观者视为传奇。"秋风度河上，大野入苍穹。""满宇频翘望，凯歌奏边城。"一吟一咏，其义自见。作者将所有的情感指向隐喻于此，既是抒写，也是情至。

黄河岸边的歌声，留下雄浑的柔情。缓缓东去的水流，牵引读者走进一片宁静和圣清。黛眉山上飘荡的风筝，莱阳的万亩梨园，克伦河畔的知青广场，洛阳牡丹绽放的隋唐园，瑞安葆藏经书的玉海楼……仿佛春夏秋冬的终章，四季之美的组画。光线从不同缝隙投射，延伸地域文化的触角，分别对应着不同的主题。写实跳跃，美妙空灵。相比于地域特色，作者更注重当代生活方式多维度的解析思索。《汾湖归来夜何许》，将经济与文化相融合，个体与家国情怀成为隐伏情节之下的主题；《回首香》，把场景移至京城，把时代发展和人性隐秘做成"浓缩丸"，缓解爱之痛，情之伤。《退失菩提心》，则是禅心与诗心的天然合一，有藏在文中无人知晓的仁礼存心。如此，笔下意象组合，人文历史的溯源探寻，楹联偈语的重新解读，独具一格的南北风物。一幅幅，一帧帧，都已隽永入画。

同是叙事、抒情、哲理相融的书写，第二辑文字场景里仪式感无所不在。作者徐缓的节奏中，带着季风拂过书页的声响。它带我走近那些敬业的老师、情同手足的朋友。并从我的视线去认知他们所持守的道义担当与人文情怀，以及执着和专业精神所承载的责任和使命。《来不及悲伤》里的名刊主编，《我们不说再见》里的优秀作家，《空谷佛音》里的知心姐姐，还有《精彩人生》里那位在忧患动荡年代高高跃起，竭力延长滞空瞬间的翩翩舞者……这些真实的影像，如低角度机位的拍摄，无须跳轴就足以让人仰视。然而，细节之处却由小见大，见微知著。将沉重的话题，以画外音般的方式缓进旁出，哀而不伤。悄悄拭去眼角的泪水，我才发现关于生命的文字，竟能千斤若羽。尤其结尾处，留下回味和深远。原来曾经的真诚交往，温达人情，每个聚焦都凝固淡淡的美。每每捧读至此，顾念之情总有驿使梅花般的殷殷期待。抬眼便望见滆湖对面隐隐如霞的林园，枝头粲然的红叶，随风轻扬，结束一季繁华。而待等冬雨过后，树下片片褐色的落叶冢，与泥土相和，滋养树木根柢。"落红不是无情物，化作春泥更护花"，落花落叶，谁曰无情？

钱穆说："文学的意义，在于发现更高的人生。"在第三辑文字中，作者含情凝睇京郊双桥农场的一方水土，援笔勾勒乡情、亲情、同学情，以及别离时的万般愁绪，全然不觉故乡亦老，岁月残照。

《父亲的农民帝国》潜藏无数温良。原始的"糊烧活"黏合父亲平凡的人生；小小售货员的经历，让年轻的他懂得诚信为本；三十多年村干部的漫长岁月，更是超越个人功利得失。农村发展日新月异，父亲忙碌的身影、村支书的人格魅力，慰藉一代农人，温暖一座村庄。他的信仰、情感、土地伦理，经历种种渐变，都真切地写入生命的册页。父亲晚景的病痛，"再见时先说再见"的凄然，如秋后微凉的池水，无形之中得到了有形的升华。人世的亲厚与深情，在他身上得到了完美的诠释。两种叙事交叉，读后无不为之动容。

母爱如歌，温情脉脉。《"榆荫"下的一潭》中那口不满缸的井水，那些棵棵连根拔起的转日莲，都需用更多的凝视来理解母亲爱的涌动，以及她内心的焦灼不安。坦然面对贫穷，是那一代母亲最艰难的努力。从一把瓜子的故事中生出对母亲的怜悯与敬意；从生活细微处叹服母亲不悲不喜的通达。母子合乐的温馨，也体现在作者十岁时，放学后躬身树下捡拾树枝当柴火的日子。北风吹过他幼小单薄的身躯，全然不觉寒凉。当那个知青姐姐把捆绑好的树枝放在他稚嫩的肩膀上，他把树枝背回家，母亲的欣慰之情，就像火苗舔舐着灶炉，温暖而美好。

春天来临，学年开课。中学催生文学生命树，蓓蕾初开，花儿朵朵。同学间的提携相助，文友间精辟独到的分析与欣赏，形成良好氛围。《向八十年代致敬》——一个真正的文学时代，充满反思与展望。《脸对脸呼吸》，张扬个性，一杯酒便可畅谈海阔天空，仗剑天涯，云霄江湖。《女人的荷》浸润着细细密密的心事。男女生之间的朦胧爱意，炽烈却内敛，浪漫而甜蜜。《相思无因见》中诸多的愕然，将年少时的坚守，碾压得支离破碎。

阅读是一件美妙的事情，极为安静地获取知识。书中的意味言深影响行为，左右思维，因而明白"善读之可以医愚"。曾在第四届"漂母杯"散文大赛颁奖会后，聆听红孩主持《与文学同行》主题演讲、《母爱》专题讲座，他倡导文字教化，给我留下深刻印象。

《东渡东渡》这本散文集，留下一个个闪光的瞬间与生断。不仅因其写作手法艺术，叙事伏脉映带；也不仅因其人情、人性刻画入木三分，而是体现思想的前瞻性。一本书能成为一束流光，是具有时代意义的。

轻轻合上书本，也合上一段美妙时光。夕阳的金辉洒落窗前，清寒流转，江南已暮秋。庭院的草木、繁花散尽，只剩红叶深深地凝望。不禁想起那句诗："曲还在，就有知音遇琴台。"欣然落笔：红叶萧萧落琴台。

晚来花片落春风

——丁一散文诗集《花落红花落红》读后

翻开《花落红花落红》散文诗集，窗外的蝉鸣正热烈。《秋蝉》的曲子响起，宛转悠扬，含蓄隽永。"花落红，花落红，红了枫……"这澄明之下的吟唱，诵达一份隐藏的诗意，岂止是对时光的挽留呢？

一直觉得散文诗的秘密，只有通过融入多重元素，以多重视角描摹，不露声色地转折收敛才能获得。记得最初默诵的散文诗是柯蓝的《早起短笛》。语言天生的强力性，冠词和副词绝妙运用，给予我最美的启蒙。今天细读丁一老师的这本诗集，方知真正的蓝天始终安然云层之上。它难以触及的高度，非常人所能企及。所谓"高山仰止，景行行止"，也未能全然感受其丰沛的内涵与沉潜的热情。

阅读需要会意。如果说阅读周作人谈论江南草木的散文，如抿嘴品龙井茶；那么读丁一老师描绘江南秋色的诗文，则似午后品碧螺春。两者皆滋味鲜醇，色泽隐翠。且都亲近自然，乡息馥郁。《花落红花落红》中金色的稻田，低垂的穗子像无数的碎片，重叠覆盖，无不让人感到其具有的重量及背负的使命。这片富庶之地"因了与美学对话的金黄稻束映衬，定格寂静隽永微笑，给予关于生命的思考与饱满的人生"。那些草木风景，早已满地落花红带雨，金井梧桐秋叶黄。孤独的秋蝉，故人般地落窗前，悄然掩去了夏的喧嚣，隐了音律，而轻轻的鸣音，依然萦绕于耳："展翅任翔双羽雁，我这薄衣过得残冬。谁道秋下一心愁，烟波林野意幽幽……"

同是叙事、抒情、哲理相融的书写，而丁一老师对《采蓝蓝》中的蓝却执着深情。他倾诉它的美丽，如眷恋记忆里清水芙蓉的江南。文中引用"终朝采蓝蓝，染青色也"，却没有通过时空转换的倡随之乐，描摹现实的幽怨之情。而是着墨于各色之蓝的洁净，让读者领悟蓝的忠诚、蓝的忧郁、蓝的浪漫。就像"夏天早已约定的蓝色甘霖，等到一场蓝色艳遇"。我痴迷此章里的古诗及幽深意境，以及《诗经》和唐诗的巧妙引用，疏落安插，无蔓无枝。当读到"蓝水远从千涧落，玉山高并两峰寒；明年此会知谁健？醉把茱萸仔细看。"不禁惊讶古人的笔墨之趣，也陶然诗集里的觅珍之乐。蓝色的意象里，自有一种"诗情到碧霄"的表达。丁一老师学养深厚，毫无书斋气。他因诗而望道的奥秘，带我进入浩瀚的古诗海洋，教导选择切口及隐喻，避开俗见旧迹，以逻辑思维观照万象，顿悟里觉察曲直。如此诸多的细节，如此匠心独运，既满足读者对蓝的向往，又从古诗词的甄别中获得新的认知。这一抹深邃的蓝啊，自然成为上集组章中最明灿的部分。

没有人拥有如此独特的审美视角。这长长的、又似曾相识的六十个篇章，字字珠玉，韵味悠长，香气弥散。它记录了一段岁月和一本杂志的历程。同时也记录了一群安守清寂，始终如一，以自觉的文化良知，默默构建社会精神家园的文化人。原来此本诗集里的一棵树，一座房，一株莲，一盏酒，一道虹，一滴雨……都是刊载于《华夏散文》封底的图配文。它陪伴读者走过漫漫十年。读者从中不仅汲取了文字的思想与力量，也默默领悟了以文"化"人的深远含义。

钱穆说："文字的意义，在于发现更高的人生。"世间世情，幽微洞察，又有多少理性思索呢？带着追问，我走进文集的下集，与《有一个女孩》欣然相逢。试图拥抱彼此的暖意。然而她却游弋"薄薄红雾的神奇世界，梳理羽毛，点染画面的静谧"。"流淌火一般的呼吸。"哦，这位女孩是那只喋喋的白鹤？还是那只交颈絮语的丹顶鹤？

曾经，《丹顶鹤的故事》这首爱的长歌，绵绵无尽，感动多少仁者之心。歌中的女孩为找寻一只失踪的丹顶鹤而长眠沼泽湖底，化身头戴红冠的白色仙鹤，舒展美丽的翅膀，悠然飞向天空。她鹤唳的长鸣，所激起阵阵气流如风如雨，从仰望她的人的头顶掠过。多年以后，却因诗集里的文字而内心衍生柔软的触角，蜿蜒伸展，面前渐渐跃动出仙的国度，梦幻天堂。"目光与鹤不期而遇，笑也盈盈，俏也盈盈；诗也融融，泪也融融。""她夕阳滩上立徘徊，红蓼风前雪翅开。""她欲与君相知，长命无绝衰。山无陵，江水为竭……""她安然于原始部落，山之林层层叠叠，林之山影影绰绰；山之水急急缓缓，水之山微微颤颤"。傲然而轻盈地飞进《天鹅湖》，演绎童话般的爱与美，为世人呈现一幕"别样动人之姿，别样水之灵性……"然而，天外之境，人间何曾几回见？丹顶鹤的故乡，那首凄美的歌吟吟飘过："走过小河，你可曾听说，有一位女孩，曾经来过……"

西方哲学家惊叹于中国人的美学，那是一种感性之智。它令人用美的眼光审视生活，并与自然和谐共生。在下集文字中，丁一老师含情凝睇美感与情感的关联，直抒美感：对人生和自然的思考，对生命状态的观照。

万物生来多种多样，而每个人都有自己的审美体验。我从《行走天边的骆驼》《莲之爱》《天下》《生命》《舞》的篇章中，清晰地听到一个个特定时空的回声。那些弥散的底层记忆文字里人和物的境遇、状态、美感等等，因储藏时代的信息而让我津津乐道，耿耿于心。

穿梭于历史和现实、想象与回溯之间，真实的现在与梦境的历史总是平行的。成吉思汗射出的箭向西飞行，还盘旋于天空呢，而暖暖的阳光已洒满荷塘。沿着静静的小路，走进千顷湖色。宽阔的水面寓意"大地博大的胸膛，母亲温柔的怀抱。这里每一枝干都生长着生命的胎盘，每一朵花蕾都是母亲的孩子，安放于生命里的绽放。"远处山峦如黛，轻雾萦绕荷塘，悠悠荡起一片模糊的香红。悄然俯身轻抚那只青莲，如《红楼梦》里的芙蓉女子，含蓄温婉，晓露清愁，或许只有黛玉配得起这样的雅致吧？而《舞》里那位婀娜多姿的舞者，挽一缕荷风，披一抹朝霞，竟然如莲带露冉冉开，绿水出波款款来。骨子里纵情艳丽，哪有黛玉的清高？这颠倒时空的线条，穿透时间与熏风的缝隙，牵引思绪，辗转流连在篇篇文字里。历史的烟尘、美学的季风，以及点点温习的片段，悄然浮现。中学课本里彭端淑的《劝学》，欧阳修的《新唐书》，范仲淹的《岳阳楼记》，注释犹在。今日重逢，昔年琅琅诵读声犹在耳畔，伴着莲香，只需墨间轻轻一笔，就悄然入心。如此，四十篇精妙文字，每一章都是一个完整的系统，一个自我的宇宙。

我曾多次聆听丁一老师讲散文。他条分缕析的讲课风格，给我留下深刻的印象。他以维系、维度为切点，让学员对写作所需的心灵空间，包括广义、纪实与深度，有了更深的理解。那本课堂笔记，我定会当作哲学书来详读，当作写作词典来珍藏。无论今后的伴灯夜读，还是提笔为记，都能感受到融入其中的满足。

　　写完这篇文字，夕阳的金辉已悄悄洒满窗外的桂花树。流转的清凉，不动声色地渲染着花草树木，江南已是一片薄醉风景。昨日的蝉鸣已转换成细碎的蛩吟。不禁想起宋人蔡襄的词："何事苍苔数点红，晓来花片落春风。"那就以此作为结语。是为题。

让梦划向你心海

——黄新原《真情如歌：五十年代中国往事》读后

黄新原退休前任北京某大学副教授。他学养深厚，勤勉低调，用一年多时间完成30万字的专题《真情如歌五十年代中国往事》。书中描述的五十年代的那些人和事真实可考，辅以相关史料、照片、实物图片作为依据，同时穿插小故事加以说明。作者从衣食住行的细小处切入，结合自身经历和认知作为参照，写出不同级别、身份、地位人物的亲情、友情、爱情，以及他们之间善意理解而无怨怼的细节，小中见大，向读者展现了50年代经济建设背后不同人物的命运、梦想，以及最打动人心的实例与精神图景。用如歌的往事，连缀起十年间一个个清晰而生动的日子，让一个个远去的梦，缓缓划向读者的心海。

读完这本书已是仲春，窗外的绿叶探过来，把我从那个年代唤醒。然而这本书"干净、单纯、祥和"的特征所散发的温软气息从眼前铺陈，幽远得就像在一条细细的长廊里行走，已经走得很深很远。我仿佛还沉浸在50年代里，与那些年轻人一起奋战在十三陵水库工地，穿梭在运送建筑材料的车辆队伍中，为建设新中国而挥洒汗水，昂扬向前，无怨无悔。我好像还缠绕在那些人和事细细密密的线条里，时而为其流畅丰沛而欣喜，时而为理不清的缘由而牵肠挂肚、潸然泪下。我似乎还沉浸在那些镶嵌的字里行间、绣着花边簇拥红五星的证书、透着时代特征的宣传画、小学生成绩册、线装的干部档案、高中语文课本、少年先锋队队章等帧帧画面里，顾盼神思，浅笑盈然……这一切被作者凝结成直观物象和文字，带给我不同的生命体验。其怀旧风格的文字所具有的价值和艺术精神，带给我感动，也让我对它有了难舍的情怀。

阅读开篇，联想起北京电视台的《档案》、上海纪实频道的《重访》节目，既真实又神秘。书中首先展现在眼前的是新旧社会过渡时期全国范围内的"扫黄"

"禁毒"运动。这一社会改造措施旨在清除旧社会的封建腐朽事物。然而，改造的背后却异常艰辛。作者以自己独特的叙述方式，通过《北京八大胡同，一夜之间没了》《一支折断的烟枪》等篇章，详实的介绍了解放初期的干部为改造妓女、杜绝鸦片进口、断然禁烟、廓清社会风气所做的大量艰苦细致的工作。从帮助妓女治病、解决家庭困难、强制戒除好吃懒做抽大烟等恶习，再到"弃娼为良，自食其力，成为劳动者，服务新中国"，前后历时八年，终于迎来"千年冰河开了冻"的喜悦。禁烟运动从铲除罂粟、消灭大烟土壤开始，到缴收大烟、毒品、烟具，取缔烟馆、严惩烟贩、强制戒毒。利用三年，完成禁烟和产烟区千万烟农改种粮食的目标。当看到这两种"另类人"重新走向新生活而受到尊重的时候，无人不为那些干部所付出的艰辛与努力而感动，同时也引发人们对现实社会的忧虑。读过这两个章节，理解作者把改造妓女称之为"那个年代的功劳"，以及将"中国的无毒，从那时起，一直保持几十年"作为结束语的深意。

50年代干净、单纯、祥和。作者将这十年人们低生活水平、高生活质量统摄在《看见你们格外亲》《他啃妈妈的肩章》《老百姓的事儿》《"石光荣"们的家》《小豆包们》等篇幅中。随同作者走进"石光荣"的家，不仅看到"褚琴"的忙碌、孩子们的言笑，更多的是夫妇间不太协调、吵吵闹闹的生活。这样特殊的家庭背景后面，问题不容回避。然而与石光荣有着同样经历、同时进城的干部的重婚和无奈，并没有给双方的孩子留下阴影，孩子们之间少有隔膜，亲情关爱、相互理解。

50年代是人类进入文明阶段以来，一个不同寻常的时期。从文中小学生刘幺根、吴锵与警察的故事；王庆与医护人员的故事；从摇晃着的当当车上，人们听着快板、看着小人书的神情里；从末班车的司机每到一站，就亲自跳下车，把站台上的路灯熄灭，示意路人末班车已走的身影里便能体会。再往细微深处行走，你会发现一个明净祥和的世界，那里没有攀升的物价，没有贫富差距，没有环境污染，也没有腐败现象。人们对共产主义敬仰。普通老百姓的吃穿用与现在相比存在天壤之别，若能吃到一颗糖果、拥有一个小玩具、背上一个新书包就有着满满的喜悦和幸福。若将破旧衣服、开裂鞋子的补丁缝制得像艺术品一样，穿出去便是一种时尚。然而，清贫相守的境遇下"德育第一""教育为无产阶级政治服务"的氛围，却跃动着追求理想的学子的不懈努力。"学而优则仕"深入人心，"书中自有颜如玉"固存国民的潜意识，因此考上名牌大学成为学生确立的目标。

《混沌初开》从一个侧面再现中学生眼中的明澈和美好，以及他们渐渐初长的稚嫩世界观，还有慢慢增强的凝聚力和学习进取心。那本高中毕业赠言簿带有强烈时代感的话语，真实地反映了当时高中毕业生的精神面貌。《在塔尖上》却是另一种状态的呈现。那里的大学生，曾有过"留苏"美丽而又遥远的梦，也经历了"工农调干生"最精彩的人生片段。他们身上背负来自家庭、社会的压力，也有政治因素带来的影响。直到今天，我还能从文字和照片里看到王涌和韩汝玢这一对恋人，因为政审原因失去"留苏"梦想后的内心挣扎与自我怜惜。他们眼波里的温情和相依相偎的情景，留给我挥之不去的感动。虽然这对夫妇早已是我国科学研究领域的著名学者。也正是这一代大学生，在国家步入第一个五年计划之时，为我国航空、钢铁、石油、医学等领域作出重大贡献。他们是那个时代急需的专业人才。这一章节，作者对他们个性气质、思维方式等层面的描写，细腻而深刻。

50 年代走过来的人，大多都有很深的苏联情结。《"老大哥"情结》是本书浓墨重彩的部分，也是令人泫然欲泣的章节。其中有感人的故事，也有"达则兼济天下"的学术风景。它赋予了中苏友好更为丰富的文化意蕴和沉甸甸的历史感。那个年代，两国友好交往，"苏联老大哥"在新中国经济建设方面给予了大力支持和援助，尤其是在华专家与中国人民之间结下深厚的情谊。这一件件细微琐碎的点滴都被作者捡拾，梳理排列。那张"学习苏联先进生产经验，为祖国的工业化而奋斗"的宣传画，具有鲜明的时代意义。那张"中国留学生与苏联老师在一起""苏联展览馆""苏联专家纪念章""悲情的乌克兰姑娘柳达米拉"的照片，承载着多少美好而又复杂的感情。从照片中依稀还能看到留苏学生李惠英的青春飞扬，还能体味她五年不曾回国、孜孜苦读的艰辛；还能听到乌克兰姑娘柳达呢喃低语："北京有我的梦。"她用阻隔了三十年的异国苦恋，诠释与中国男人徐鹿学的真爱。中苏情缘，就像矗立北京的"苏联展览馆"夜空的灯光，璀璀绚丽，就像老莫餐厅的红菜汤潜着暗香。读过这一章节，既有"旧梦尘封休再启，此情如水只东流"的凄美，也有"卷地风来忽吹散，望湖楼下水如天"的欣悦。

汇集 10 年时光而成的书，不难窥见其中高大间或细小的投影，因此，书中故事或厚重，或凄美，都值得珍重。"但这远远不是 50 年代特征的全部"。"那10 年，经济的飞跃发展，一个个建设奇迹出现，足以与新中国任何时候媲美"。"那时的建设速度像神话，但绝对没有'豆腐渣'工程"。

阅读《真情如歌：五十年代中国往事》的意义，并不在于这本书告诉了我们什么，而在于我们从中获得哪些启示，引发了怎样的思考，以及书本与现实之间那些隐秘的联系。当我们面对喧哗的人群、冷漠的人情、复杂的人际关系时，是否还会想起书中的人和事？是否还会怀念那个充满理想与热情的 50 年代？

时间的两岸

清明时节，我前往墓园看望婆母。采撷一束鲜花，燃三炷心香，双手合十，跪拜礼成。四周细草纤纤，洁白贡菊沾濡泪珠，簇簇杜鹃一边盛开一边凋零，寓意生命流逝与往生的秘密。

墓园古朴，四季郁郁葱葱。园中两眼清澈的池水像守望的明眸，每次都由它迎送。这汪青绿的水，与紧邻的南唐二陵林泉高致一脉相承。山水相依，两两相宜。婆母魂归于此，长眠如斯，想必有一种找到彼岸的心安吧。

站在这里，就会萌生哲思。无法相信神学家说的人死后生命的存在，以及启示的真理高于理性的判断。凝望墓碑上婆母的名字，墨色笔迹丝丝纹理，竟然就是她从生到死的距离。过去的一切从心里流过，怀念就像一条细细的长廊，已经走得很深很远。只觉得这个如禅寺般的墓园，掩映着一束光，或者寄托着某种深意，那么深情地牵引前往。一位作家曾撰文："一旦有一天不得不长久地离开母亲，会怎样地想念她并梦见她，会怎样因为不敢想念她而梦也梦不到她……"于我而言，又何尝不是如此呢？

人们常说，往事如烟，随风而散。然而那些伴随生命的往事，并没有因为时间的流逝而淡漠，它缠绕着岁月而成为心灵深处最珍贵而又历久弥新的记忆。仅从过去的生活中采撷一个个小片段，以表达心中的感激于万一。

记得1981年深秋，我第一次来南京。脱下穿了多年的军装，换上从山西路商场买的白色高领毛衣、紫红色青果领上装，乘车几经辗转，来到南钢三村与婆母和姐姐见面。午后的秋阳洒落客厅，婆母精神矍铄，眉宇间的沉稳之下，是嘴角掩不住的笑意。那种柔和慈爱，自然而然地流露出来。她端详着我，喃喃说道："小方会打扮呢，即使穿上这身新衣，军人气质还在。"年轻的姐姐梳着好看的发辫，和善地走过来，嗔怪妈妈道："当兵的女孩本来就不着烟尘的。"一言之誉使我羞涩难抑，彼时那份明心见性的场景，悠长如永生的刹那，美好如斯。顿

然觉得生活于现代都市的姐姐，竟如此敏锐而坦诚。

相聚的日子短暂。静下来总被客观存在的、无法解决的困难纠结。当时我退伍还乡，个人、家庭分占时空的两个维度，从某个层面来讲很不完整，难以达到世俗眼中的圆满。婆母深知我的追求、挣扎，也理解和担忧。她默默地计划着如何将我一步步从湖北调往南京，却不言其中的千辛万苦。最终记住的，是站在南钢集团门前的相视一笑。她之前所有的付出，好像只为这团聚的一天。有凤来仪，梧桐是依，默默见证那个特殊时段年轻人生的跌宕与明亮。

家庭生活中，最熟悉、最懂我心性的也许就是婆母。与她相处，没有婆媳间百转千回的情商较量，反而多了母女间的肆无忌惮。以至于谈论起她时，往往总忽略用文字赞誉，觉得如此熟悉亲近，书写起来太过矫情。

婆母为旧式文人，字写得秀气，文字逻辑清晰，算数头脑精明，说话办事、待人接物皆有礼数，至今仍被朋友们津津乐道。而对于家庭，婆母事必躬亲，不仅操心儿女工作与生活的琐碎，还坚守自己内心的执念。就像我工作调动的过程，存在想象不到的未知和变数。在那个"进入大城市如跃龙门"的年代，对每个当事人都如淬炼。最终事成，不得不说充满神奇。婆母为"保全儿女"义无反顾、孤注一掷的坚韧，可谓天下母爱之最。

南钢集团，既是我工作的单位，也是婆母离休的地方。与她"同事"让我视若珍宝。我被分配在集团办公室，平日除及时接收、登记和送签文件，领导批示后传阅，还有整理文件等事务性工作。婆母的告诫至今犹在耳畔："首先判断文件的轻重缓急，分清主次，有的放矢地进行。"嘱咐我做事之前预先测定，做到胸有成竹，有条不紊。切记"愚者暗于成事，智者见于未萌"。希望我踏实笃行，勤于思索，提高素养。我从中体味到一位母亲的期望，以及严谨的工作态度和温良性格。同时她的好人缘也时时福荫着我。每每牵手女儿行走厂区，熟悉的人们亲切地称我为"老太媳妇"；女儿与姑姐长得几分相似，也已成为毛家的标签而备受关爱。由于工作单位远离城区，平时与两岁的女儿住宿舍。那个时段婆母常常来南钢，也做荤菜捎来。每当看到女儿欣喜地扑向奶奶，都能感受那个初夏的美好。

80年代末，年轻人追求学历。平时我专注公文写作基础等课程，坚持做应考试卷题。正逢扬州师范学院招收在职生，我欣然报名应考。之后生活就处于一种极为忙乱之中。学习和照顾女儿的冲突，使得我没有自己的空间。每当学期考试来临，总是婆母承担照顾女儿的重担。不记得多少次别离，女儿小声抽噎地站在奶奶身边，昏黄的路灯投映在她们的头顶，如释重负的压力骤然加大。三年时间，我暗中庆幸，曾经因困惑和迷茫而浪费大把时间，竟然可以在婆母的帮扶下坚守并完成学业。仿佛命运一直站在暗处，随时准备补偿我没念大学的遗憾。

春晖之暖何以酬。家庭里的点滴细节常常让我陷入沉思：如何才能好生待婆母。其实，重点不在彼此的差异，而在于相互间的共情。其中最为深刻渴望的，便是那份亲近与温暖的感觉，或许，这正是每个儿媳幸福的源泉所在。我曾用细毛线织一件背心送给婆母，后片平针，前襟两道饰以绞花辫子镂空竖行纹样，千针万线，丝丝缕缕，穿上身充满融合感，老人家十分喜爱。那件毛衣带来的似有若无的熟悉感与慰藉，让它的情感张力不断加深，如今想起，唯一能安抚我的心。后来又织了一件枣红色绒线外套。同样也编进自己那份心念，反复琢磨式样是否随意和俊美，所以格外珍视，甚至敝帚自珍地认为，它不仅仅是一件手工作品。那么细的线，点滴进展，渐次成形感情都融化于此。

深秋，玄武饭店门前的束束垂丝海棠迎风初绽，既有春花谢了结出的果儿，又有秋天新开的花，如一对童叟同坐枝头。此景，像极了婆母与她孙女们的相拥言欢：等足春夏，终于说上了话，叫人忍不住笑出声来。是啊，那个多情的时节，我们全家在此为婆母举办八十岁寿宴。细碎阳光洒落大厅，一地金黄；窗外婆娑的树影，掩映室内盆景宝塔松，素净如风物图。我制作一幅金箔老照片高风峻节，含蓄如深。那种飘然的愉悦，抑或微妙的感觉，都被婆母妥帖地收藏。每个人都细致地体味暖意中的每一个细节，起承转合。多年来，历经潮起潮落的婆母，娓娓陈述非常年代的沉浮悲喜，无常世事。那些漫长的岁月恰似一檐月光，静照松间。我不曾在这样的情景下听她诉说。过往的一切不重要，重要的是此刻，已经懂得很多。

餐桌旋转的碗碟弥漫家的味道，散发肴馔的甘洌清甜。脆的肉，鲜的鱼，嫩滑的菜蔬。颔首触摸，处处留有婆母指尖的温度。不禁想起每年重阳节，她亲手做的菜肉饼，与眼前的美味异曲同工。薄薄的面皮擀得筋道有弹性，馅儿由精肉剁碎、青菜焯水后挤干水分切碎，加炒鸡蛋、香菇末等，再加多种作料拌匀而成。烘烤时边按压边转动，烤熟的饼口感香酥，品相好，像艺术品。其时把采撷的桂花做成桂花糖，包成汤圆，与饼香融合，就是金风玉露一相逢。满屋江南的富贵气，有地久天长的安稳。如《浮生六记》中写道："炊烟四起，晚霞灿然。"大家在一起的说笑声掀起阵阵风雅，件件往事复现眼前。感激、眷恋、欢喜之情油然而生。不知道人生会有怎样的因缘际会，但能筹办这场寿宴，走进并感知过去的生活，留下生命的忆念，它的意义想必会格外不同吧。

今天重新翻看与婆母的生日合影，背面的一行小字十分耐人寻味："莫道桑榆晚，海棠也秋开。"应为当时的应景之作吧。二十多年过去，照片里最小的孩子也做了母亲。隔着遥远的时空，去体味当时的悠悠亲情，又何尝不是另一种重聚呢？只是婆母从时间里消失，无法逆转。多么希望那些存在于时间里的亲人，有朝一日能在另一重空间里相遇。

白露为霜，留下《诗经》里的一抹寒气，如我们每个人的心境。婆母已在ICU病房多日，因为辅助机械呼吸，切开气管后，状态一天天变差。对她的惦忧，如同心上蒙上一层阴影，挥之不去。不敢想象她老人家进ICU后的艰难：生命急剧下沉，与死神抗争，承受痛苦，灵魂在生死临界间遭遇炼狱般的折磨。无数个黄昏，我们坐在医院的条椅上，暮色哀婉，沉痛无限。

最后，等来婆母永久地离去。

那个暮冬，凛冽的寒风吹起满天的白雪。告别仪式之前，我到后台，静静地陪着安若深眠的婆母。轻轻地将菊花瓣揉碎撒在她的身上，最后一次记住她真实的面容，心里存着温暖与感谢。

多年后，独自体会，细数婆母待我如三春之晖的恩情。相信如果是现在，我能做得更好一些。但人生就是如此，永远留有遗憾。无论在他人眼里，或在自己心里，总会欠缺几分。

婆母，您在时间的对岸，默默地注视，默默地护佑。默默期待清明雨上，折菊送到您身旁。

杏林春暖

有人说，汪朝晖将对人的关怀和悲悯，化为冷静且集品行、医术为一体的思维方式与行为方式。细细思索，此言余谓为信然。隔着空间就能感受到他关切的眼神，似远犹近。那番气场，是任何时光都掩不住的神韵。

汪朝晖的名字，常见于报刊和网络。解放军某部医院肝病副主任医师，擅长各种急慢性肝炎、肝硬化、重型肝炎等词条赫然入目。然而，我却从其内在气质里看到军人的力量。仔细端详汪朝晖"冉闵再世"的微信名，仿佛打开历史的魔盒，一代君王穿行而来。

窗外景色入酒，深远旷美。我的思绪落在岁月的对岸——

（一）

那年冬天，雪无声落下。围墙边的红葛披上银装，只有院角的杏树挥动枝丫书写独特的诗行。原南京军区医疗队远赴利比里亚执行维和任务，汪朝晖作为医疗队唯一的传染科医生，义无反顾地踏上征程。也许军人唯有家国大义，少有儿女情长。然而，和平时代，阴晴风雨自有不同。汪朝晖夫妇不拘泥于尘俗目光，风物长宜，要让三岁儿子长大后明白，爸爸毅然决然参加维和的意义。《生命册》开篇说，主人公走过一条大街，看到路灯下的雪粉红透明，薄薄的细纱一般。就像汪朝晖三岁的儿子托着小小的下巴，看着爸爸的照片，照片里的孩子一定遥想远方的雪也是粉红的吧。儿子的眼眸湖水般清澈，藏着粉色的童真，照片带着爸爸的体温被随身携带着珍藏着。这是怎样一段关于孩子的故事啊。

蓝盔丹心——维和部队的美称。这支队伍闯进死神的领地，拯救灾区、战区、疫区等恶劣环境中的人们于危难之中。然而，战争下的绥德鲁市运转失序。市政府成为废墟，电线杆上手指粗的弹孔触目惊心，不时有手持武器的人从眼前走过。最难熬的当属每天晚上抱着盔甲、防弹衣入睡。看似睡着了，其实身体的每个细胞都醒着呢。大脑时刻处于紧张状态。正如汪朝晖说："自持其心，知其不可为而为。"

罗素曾经称自己活着的三个动力，其中就有对人类苦难不可遏制的同情心。他所说的苦难，除了战争和贫穷，还包括疾病。利比里亚地处热带雨林，艾滋病、疟疾、流感、霍乱等传染病频发。病毒通过血液、体液、唾沫、伤口等途径传播。在接诊的 40 多名艾滋病患者中，不少已是晚期，或已感染肺结核等并发症，传染性非常高。

每个危重病人都承载着死亡的威胁，正如果实带着核。这种疾病像一道不停被拉长的伤口，医生需谨慎地把握诊治的分寸和话语。汪朝晖亲切地将艾滋病称为"消耗综合征"，这不仅平复和消融医患之间的"结儿"，也赢得患者的赞扬。他从特殊病例中认知广义的苦难，并努力践行"健康所系，性命相托"的初心与坚守。

西非属于赤道气候，战后经济落后，物资贫乏。一碗米饭、一个馒头、一盘青菜、一碟萝卜干俨然成了奢侈品。而每周只有一次空运的物资，皆以西餐为主，生活之艰苦可想而知。所以开荒种地成了改善伙食的举措，被大家纳入了业余的劳动课。同去的队员带去的菜籽，在那个雨天种下：大蒜、小青菜、四季豆等。它们生长的过程，悠缓得让人不忍直视。

"征人归路许多长，莫向花笺费泪行。"

难忘那个夏日，汪朝晖载誉归来。门前围墙边的红葛枝叶繁茂，院内的杏树挂满串串黄杏，只为给远行而归的人慰藉，只为安抚一起走过的寒冬和春满。他胸前"联合国和平荣誉勋章"熠熠生辉，以爱与使命，书写了军旅生涯中最闪亮的篇章。

（二）

时间流动，具有纵向性。它涵盖成长的诸多细节，属于个人的纪年。一个人内心格局的修炼，需要历经挫折与艰苦，如打铁的淬火，既坚强又柔软。汪朝晖的父母从医，他们医术、才情携风骨并存，为民治病，福惠一方。医院楼道里弥漫的酒精和消毒水的气味，药房飘出的药香，以及常听到的抢救和心肺复苏等医学术语，都给汪朝晖的少年时期留下了深刻的印象。"不积跬步，无以至千里，世间最美的传奇莫过于一分耕耘一分收获。"——父母给予汪朝晖的教诲与殷殷期望，曾那么深深烙于他的脑中。天资聪颖如他，耳濡目染及言传身教，形成其不盲从别人，也不覆辙的特质。医生，成为家庭的核心标签。当他读到唐诗："人命至重，有贵千金，一方济之，德逾于此"；读到《菜根谭》"士人有百折不回之真心，才有万变不穷之妙用"，他深感肩负致力为民之责，也体会到文字背后的深远意义。

提起肝病，自然让人联想到转氨酶等指标。殊不知患者身上所承受的重量。如今，肝病患者的状况也许更多地只显示监护仪器上的数据和电脑上的指标。而汪朝晖却不这么认为。他关注的不仅是肝病的形态特征，还有病人的情感诉求。他没有将自己简单地看成科学的应用者，而是治病关乎人心的问题。他对患者体恤关怀、不离不弃，就像法国哲学家西蒙娜·唯伊说的，对于不幸之人，深切地问一句："你哪里不舒服？"

网上患者留言："我姑姑因为肝腹水，千里迢迢慕名前往南京。入住肝病科后，得到汪朝晖医生的悉心关照和精心治疗。""我来自哈尔滨，因肝腹水住院。汪医生为我制订治疗方案，经过基础治疗，病情已慢慢好转。"这些弥漫着挥之不去的怅惘之情与对健康的渴望，以及对医护人员的感谢。那些经过治疗好转和痊愈的信息在网上传开，慕名的患者带着希望纷至沓来。他们不仅是对汪朝晖医术的信任，更是对生命重获新生的渴望。"朝晖"这个寓意着太阳的名字，散发的温暖气息连带整个病区也明亮起来。诗人冯至曾写《鼠曲草》："不曾辜负一个名称，但你躲避着一切名称。不辜负高贵的洁白，默默成就死生。"若演绎成今时的场景，画面的留白处，分明可见清风徐来，医患相见，分外亲切。

多少次走过医院长廊，时光深处那些相遇的医者、文中记述的患者，或是相处时的点滴温暖，都沉淀为生命中最珍贵的记忆。

医生需要情怀，选择这份职业，就要全心奉献和付出，并用最大的努力去恪尽职守，用严谨认真的态度对待这份职业，用专业创造生命的奇迹。汪朝晖如是说，也身体力行。

（三）

庚子年春节，万家团圆时，新冠疫情突袭武汉，泪雨流过江城连缀成片，融为灵魂之殇。灾难降临，时间就是生命，疫情就是命令。汪朝晖来不及与妻子商量就递交了请战书。多年夫妻如知音，他明白妻子的不舍，她也知晓他的义无反顾。出征仪式上一句"你做好防护！"，融进妻子多少爱和牵挂。当年执行维和任务时，三岁的儿子已从粉色童真中成长为高三的学生。依偎在父母身边，俨然大人模样。早春极清，丝丝凉风模糊她的双眼，无以言说的心情，有镇定，有忐忑，也有不安。

这是汪朝晖职业生涯中面对的最艰巨的挑战。

火神山医院，开工建设到交付使用，只有 10 天时间。这不仅吸引了数千万网友担当"云监工"，也见证了中国速度。它承载着国人的期望，也肩负着抗击新冠疫情的使命。

抵达武汉两天后开始接收第一批患者。尽管有心理准备，也做足功课，但看到那些危重病人时，汪朝晖的心情依然沉重。进入病区，汗水在防护服里慢慢渗透，护目镜因呼气也变得模糊不清。加上应对突发情况的压力，他深感肩上的责任重大。在这里，他目睹疫情最严峻的时刻，既是施救者，也是见证者。每天卸下笨重的"铠甲"，戴几层手套的指甲变成了紫色，脸颊因戴口罩留下深深的印痕。

火神山医院的 1400 名军人，连同驰援武汉的白衣天使，每天都要完成穿戴和脱卸这身最普通却也最必需的行头。这重复和严格的穿戴背后，隐藏着多少难以言喻的痛苦。医学的有为和有限，疾病的凶险，彰显着医者的重要性和社会价值。透过写满"加油"的防护服，那个春天，多少人用心的目光打量啊。

春寒欲尽复未尽，二十四番花信风。

汪朝晖接到儿子来信："您身为军人，疫情来临时，应理所当然冲向第一线。当年国家需要之时，您也义无反顾地远赴利比里亚执行维和任务。"榜样父亲像一面镜子，潜移默化地影响着儿子的一言一行。

离开武汉时，武大樱花已凋谢，而南京杏花正绽放：杏花春暖，只等君归来。

岁月不居，时节如流。

去年夏天，南京遭受禄口机场因集聚性而引发的重大疫情。形势严峻，任务紧急。汪朝晖一句："我参加过武汉抗疫，有经验。"就直奔主战场。顾不上年过五旬、体力透支的身体，毅然投入核酸采样队伍中。炎炎夏日，酷热长夜，长时间的连轴核酸检测让他手腕酸痛、腰背麻木。尤其那身防护服的密闭性，让他经受了更严酷的考验：虚脱、窒息。

2022 年春和景明之时，上海面临前所未有的疫情。持续大量的新增病例，让整个城市不堪重负。汪朝晖毅然决然加入东部战区医疗队，接管上海国家会展中心方舱医院。还是那身防护服伴随他，汗洒抗疫战场。他说，防护服是一身铠甲，要上阵杀敌，就必须适应它。

二十多年的日子悄然而过。在漫长的时间里，汪朝晖远赴利比里亚，多次逆行疫区，用行动践行诺言，为医者仁心作出最好的诠释。也许，他见过太多的无常，渴望安定的生活。然而，他始终保有那份纯良，如杏花般馨香自来，幽微无言。他以真诚与坦荡，成全了医者与患者的信任与托付。

时间像一条匀速前进、均匀等质的直线，但相同的时间却因经历的不同而拥有不同的体积、容量与空间。那些平凡中的英雄故事，带着清晰的影像与色彩、声音与温度，留存于记忆。然而，今天还有人记得那些维和英雄吗？还有人记得那些抗疫中的温暖瞬间吗？

这篇文字，献给那些执行维和任务、抗击新冠疫情的军人，一个纪念。

因为有你，心存感激

紫金山庄——安然山麓，秀美如斯。

沿着如云的浓荫，彼时的感觉还在。大堂门前的紫薇一隅静候，走近便如久别重逢的深情。凝视阳光下绿的叶，枝头粲然的绺绺殷红，满满的都是给予。这一年一度的"八一"之约，是军人为自己设定的仪式，多少年不间断。

聚贤厅——主楼最有深意的包厢。隐喻"积贤尚德、聚贤为道"。今日的来宾皆为王道之人吧。欣然见过兄长、姐妹，浅浅地笑，香茗里的波纹就全荡开了。他们与生俱来的格调气度，有着我这个新兵难以触及的高度。端坐细品窗外的暑热，惊异这个季节的绝妙，以及深藏的另一种景致。三面透明的玻璃墙，以水晶般的姿态迎接光与影的覆盖。那片粼粼银光的水面，带着记忆的储存，映现一本本厚重的军人之书。书中文字占据空间，记录军人时间行程中的足迹，并细数历年"八一"的恩泽，装帧与字迹清晰、纯净。

"因为有您，心存感激。"红色匾额映衬的背景，与"八一"宴会主题十分契合。这绘画一般的文字，轻轻触动每个人的心灵，似乎将无声的情感都化作有形的敬意。字面藏头组合的"恩"，解读因果，也承泽恩情。它笑看相逢，温情脉脉。"唯愿当歌对酒时，月光长照金樽里。"当我们举起酒杯，感激尽在其中。此时，我默默告诉自己，心心念念的"八一"，即感恩节。古词"投我以木桃，报之以琼瑶"，就是这些曾经的军人感恩的源泉。

年少时常坐校园的樱花树下听老师讲《乌鸦反哺》，熟稔疏淡地连同故事里的细节。一地的粉色，也因为小生灵心存感恩，让同学们觉得它们的黑色羽毛也有了一种似真非真的光彩。长大后细读《聊斋》，狐仙的感恩之心，竟是如此隐忍、智慧与包容。这些神话传递的仅为"感恩"，却如一粒种子萌芽，最终在心里生根。

部队生活，给予我别样的人生和经历。那身拂过春樱、夏星、秋月、冬雪的简约而热烈的六五式军装，唯有轻抚、依恋和珍藏。它安然心河之畔，梦里常常穿戴，临水自照，守护彼岸的自己。至今仍铭记北方的酷寒，震后的艰苦，战友间深厚的感情。记得一个余震的深夜，我迷糊着睡眼，在"吱吱呀呀"的余震声响里，迅疾跑出门外。站定后发现棉衣没有来得及穿，手里却无意攥着一本诗歌手抄本，原来惊惶中随手从枕头旁带走。班长急忙脱下她的绒衣套在我身上，那情景令人忍俊不禁。离开多年，笔下续写最多的还是那群花样女兵，以及她们因地震而留下的累累伤痕和无处安放的哀伤。洋洋洒洒的文字是对军营的感激，对首长的孺慕、对战友的怀念，如德尔德拉的小提琴曲《回忆》隐隐可闻。青春的一切，哪怕是疼痛，也是好的，多年后回忆会倍加珍惜。庆幸自己路过这段青春时没有漠视地走过，而是俯下身倾听与慰藉。

难忘"八一"节的黄昏，营区充盈晚霞的流光，为节日欢聚增添一抹温暖的色彩。会餐气氛热烈，欢笑声不断，茶缸碰杯砰砰作响。平日言行皆须范式的女兵，喝酒如同灌下一杯杯荷尔蒙，只求灵魂透亮，哪知北方老白干的烈性，入喉辛辣，荡气回肠，顿然明悟江南美酒的那份绵柔。

酒宴散去多年，早已不再贪恋一杯美酒的释然。然而，每年战友的"八一"欢聚，却成为我一生漂泊中最温暖的慰藉。它承载战友情深，连接过去不曾显现却神秘关联。此时窗外烈日炎炎，室内肴馔已然风露。杯中香茗，盏中美酒，唤醒部队生活的点点滴滴，不仅温暖今天的日子，也磕开藏匿肌理最里层的记忆琥珀，散发只有军人才能看到的光芒。多少彼此微微一笑的话题，穿越而来的感动无以言说，不用畅饮且已醉了。

今日的相聚，也许就是彼此心中最深的期待吧。喜欢"此去经年"这个词，一段回忆，一个故事。属于军人，属于永远的"八一"。我以文字记录，珍藏这份在祝福之声中流走的时光，以及它所承载的厚谊。

感恩，珍惜。

当美好愿景霸屏手机，我看见玻璃墙映出湖面中绿树的倒影，缓缓移动，宛如仁者宽厚的胸膛，宠溺地将我们拥入怀中。嗯，时间总会把最好的留到最后。数年以后回望此刻，它们还在，我们依然在。

只有香如故

南京文昌巷有家"海之岚"茶吧，青藤蔓过屋檐，室内盆花盛开，闲适幽静，格调高雅。然而，吸引我的并不是它隐喻的海之流岚和醉人的芳香，而是店内壁橱的藏书和连通的迷你书屋。每到休息日，到此一本书一盏茗，抑或一盘炒面一碗素汤。书页的翻动中，愉快而有意义的一天就过去了。

窗外来往的路人行色匆匆，全然不知书里的故事，也不理会厚厚摘抄本中潜藏的密码。多么渴望他们能侧目倾心一下倚窗细读的我，品味一下这富有书香的画面啊。

一个初春，这里依然门庭若市。我端坐于沉香木桌前，接过服务生一杯雨花茶，手捧书本渐入佳境。阳光的影子慢慢从桌前移开去，落在对面女孩身上。她胸前白兰花沁出的清香，把我的思绪牵得很远；她MP3轻放的说唱音乐，宛若校园朗朗读书声拂过时空，把我带回昔日的校园——

乡村的中学清简而秀美。

教室窗外新发的枝叶探过来，流动的绿色格外透明。轻轻翻动书页，长长发辫垂下，清丽之美啊。70年代初的课本，只用来装点少年的天真，苦苦寻觅的书籍，才可填补单纯的未来。悉心阅读《青春万岁》《大革命洪流》《钢铁是怎样炼成的》，也诵读一本残卷的《诗经》。我常常为字里行间藏着的故事而如痴如醉，也为生涩难懂的诗词而如坠雾中。用稚嫩的笔，在泛黄的纸页上写满浅浅的注解。无论是大浪淘沙的激越革命，还是青春万岁的斗志昂扬；无论是未曾理解的启蒙洪流，还是俄国沙皇制度下的不平，都让人惊奇和感动。旧时代的调性，相求的信念，生死的考验，钢铁意志的锻造与磨砺，以及上古农业文化的深深情韵，都深深地影响着我。课外的另一种教化，为单调的学生生活注入了诗情画意。

下课铃声过后，我伏在课桌上，翻开摘抄本默念扉页文字："读书之法，惟是笃志虚心，反复详玩，为有功耳。"宋朝朱熹的名句，涂抹自己的致敬，融入当时的境遇，便有了思考和发现。而当阅读被赋予稳固的仪式感，来自书本与课本的相间互补，眼中的世界渐渐丰满。书中复杂的长句式、严谨的逻辑关系，以及诵读变得熟稔的诗词，就像解析课本公式和习题，经过细细甄别，便看到自己的长进。

书香有爱，岁月如歌。

如今，我仍然活在文字崇拜里不离不弃。早春梅花山凌梅自开，暗香浮动。盘腿梅林下，细碎花瓣飘落在翻开的书页上，抬头便看到含苞的梅尖噙着盈盈的露，纯净透明得像回不去的少年。炎夏，金陵图书馆凉风习习，穿梭一排排书架为找到心仪的读本而欣喜。初秋午后，倚靠阳台，捧书享受阳光。冬日夜长，正是"围炉向火好勤读"。然而，"情到深处难自弃"的还是坐拥"海之岚"茶吧，茶香软绵，微笑荡漾，剧好，书好。

新编电视剧《青春之歌》《钢铁是怎样炼成的》，曾激起多少同龄者的共鸣。它们带给我重温亲切与真实的岁月，也带给我沉沉的思考。随着主题曲《这是一个追梦的季节》《远在小河对岸》悠扬的旋律，主人公从容、隐忍与坚持，以及时代赋予的象征意义，宛如原著中成就的金风玉露，一种深刻的认同感油然而生。画面再现书中的情境，就像老朋友重逢兴奋不已。年少时那两本半新不旧的小说，尾页牛皮纸封皮上密密麻麻的注词，就像每个时间段对应着的读书人，记录一段美妙的青春。那天围坐"海之岚"茶吧的电视屏幕前，听到片尾"远在小河对岸有点点火花，天空退去最后的晚霞"，整个大堂都被染红了。这谙熟的歌词啊！再看四周书柜里的藏书，纸张颜色虽然已在岁月的光影里渐渐褪去，却依旧散逸着淡淡书香。

"海之岚"茶吧的每一张茶座，连通的迷你书屋，都留有茶人、读书人的印迹。多少次的不期而遇，多少次以书会友，早已成为一种共享俗情。阅读于我，不仅是心神智性的滋养和生活常态，也是沉淀心中的季节印象，陪伴我走过经年。而当书中的意味言深影响行为、左右偏好时，才明悟"善读之可以医愚"的深意。当书中的兴味索然践行于日子，不能知意了性，又何尝不是另一种修行呢？由此想到蝉。它潜伏地下多年只为一个月的飞鸣，岂止是执着可以道尽的寂寥？它秋日澄明之下的吟唱，传达一份隐藏的诗意，又岂止是对时光的挽留呢？我明白读书乃诗意的渊薮，独立于物质之外而存在美丽。读蝉为禅，四季轮转，孤寂自欢。蝉或许只给我小小启示，而那些默默为"羽化"而挣扎的笃行者与读书人，尽可用心倾听热烈的蝉鸣。

冬日初临，太阳正暖。

周末路过"海之岚"茶吧，发现旁边的书屋被移除，精致服装店取而代之，不免大惑不解，心中悲切。读书人少了？还是讲究穿戴的人多了？现在三步两行就有一家服装店，而且生意兴隆，看来还是读书人少了吧。

茶社窗口的灯光洒在垂吊的藤蔓上，透着惨白的光。那些依附叶片的光点，或许就是我的心言心语吧。是啊，祈愿茶座休闲者少一些游戏，多一些捧书细读；我愿更多的仁者尝试信息斋戒的日子，不再被网络围绕。社会进步，也许没有一个时代拥有今天的浮华，而生活的内容不只是转发与点赞，仓廪实而知礼节，也需要一个地方安放灵魂。若有一天，在此看到一位倚窗阅读的剪影，正坐在我曾经的位置，我会向她行一个长长的注目礼。

小小国旗耀童心

　　我孙孙的乳名：叮咚，一岁十个月，刚刚学着说话。平日与妈妈、外婆、奶奶咿呀絮叨，说得最多的是"飘，飘"——飘动的红旗。无论是路旁挂着的国旗，还是插在学校门前的彩旗；无论是绘本里的红旗图片，还是电视里的红旗画面，只要叮咚看到，都会惊喜万分，大声欢呼："飘，飘……"

　　国庆节来临，推着叮咚行走在大街上，到处洋溢着喜庆的气氛。隔着树梢望去，两面五星红旗相对镶嵌于主道的灯柱上。每隔二十米，便有一对红红的中国结挂在空中。再往前走六个一组的灯笼与之呼应成趣。蜿蜒几公里，数不尽的红色流动，在阳光下显得格外透明鲜亮，叮咚更是目不暇接，兴奋莫名。

　　那一天，我带叮咚到文具店，特地给他买了两面精致小巧的国旗。白色的旗杆，红红的旗面缀着黄色的五星，尊贵中有一种快要溢出的喜气。叮咚举着跑起来，欢乐极了，仿佛他的童年岁月都被染红了。

　　叮咚恋国旗，如痴如醉。睡觉时，如果没有小旗子放置枕边就难以安眠。每日下楼玩儿，他坐在童车上，手上一定举着小旗子，轻风舞动，飘啊飘，俨然就是一道风景。此时，小朋友们围过来，羡慕又好奇地看着叮咚。一位小哥哥说："我教你唱一支歌，你把小旗子给我玩会儿好吗？"叮咚若有所思，爱不忍释。儿歌随即便响起："国旗国旗真美丽，金星照大地，我要变朵小红云，飞上蓝天亲亲你。"

　　见此情景，无不为他们的纯真，以及与国庆日主题不谋而合而欣然一笑，心中顿然涌起一股深深的怜爱。国旗在他们幼小的心灵中占据了特殊的位置，尽管他们还不完全理解国旗所承载的象征意义。然而，这双双小手举旗所产生的情致，却独立于其他玩品之外，展现出一种无尽美妙，是那样值得守护，又那样让人历久弥珍。我想，并非每个小朋友拿着一面旗子，都能像叮咚那样痴迷。重要的是"喜爱"这项精神功课，正潜移默化地感染着他。同时，从这份童趣中，我也能窥见五星红旗彰显的自然和谐、生生不息的魅力，以及它如何给予幼儿最美的启蒙。

两岁的孩子已具备充分的自我意识，需要家长帮助建立对世界的认知。记得有篇文章说过："童年决定一生的品质。"而童年对于一个人脾性、爱好的形成，除了家长为其稚嫩心灵涂抹底色外，环境因素的影响也不可小觑。叮咚之所以对红旗表现出热情、敏感、耐心，不仅有着旁人的正向激励，还有因为多元的方式及环境的影响，为他开启了心智的不同视角。当叮咚长大回忆起来，会发现小红旗上的每颗星星都闪烁光芒，那是多么迷人的视角啊。

最大的乐趣就是通过叮咚聪慧的深瞳，看见金色梦想的飞翔，眨动出的欢悦和天真，以及欣赏他的独特之处。还有小小红旗掩映下的幼小心灵的慢慢成长。

城墙记忆

　　我家住南京城东，与古老的城墙相依相亲，闲暇漫步城墙是一年四季中最具品质的休闲生活。

　　从光华门城墙经中山门至依傍钟山的城墙根，大约4000米，我走过经年。它的每块砖、每棵草以及周边细微的变化都熟稔于心。城墙上挂着的那块"我有600岁了！"的标牌，就像明代深邃的目光，久久地与我对视，感到踏过它的青砖，犹如趟过了几百年绵绵的岁月。

　　南京城墙是明代重要的防御工事，体现了明朝皇权的威仪和社稷的稳固。它以高大坚实、雄伟壮观闻名于世。然而，它又如一面历史的铜镜，悄悄地映照着南京的兴衰、荣辱以及今日的繁华。今天，无论徜徉城墙之上，还是漫步城墙的墙边，都能清晰地看见烽火年代留下的弹孔。每块砖缝之间还泛着石灰和糯米汁粘接的痕迹。青砖上烧制的"洪武七年""洪武十年"等字迹，经过几百年的风雨侵蚀，仔细辨认还能依稀看出。细细端详和品味古老的城墙，它像激战之后的表白，更像戏台上的人生，在曲终人散之后，成了不再显影的底片。

　　光华门是民国前正阳门西侧的明城墙遗址。该遗址下面，有一座保存基本完整的民国城墙暗堡。这座城墙暗堡是1937年12月惨烈的"南京保卫战"期间，中国守军抵御日寇最为顽强的战场之一。过去的八十多年里，失去生命的英灵，依然鲜活在这里。走近城墙，依稀还能听到激战的枪声和隐约传来的悲痛气息；还能捕捉到那些永不归来的魂兮。这绵延的枪声和早已凝固的历史画面在暗堡与古城墙之间形成一种张力，常常让我悲从中来，泪由心生。

　　东城墙的中山门，民国前为"朝阳门"。于2003年重新修建，为南京东向的门户和重要的城门之一。它高大雄伟，气势恢宏。拱形的城门上方，镶嵌着精致的匾额——中山门。门楼两侧，由花岗岩拼成约50米长的斜坡，斜坡旁边砌有台阶，上下城门十分方便。屹立城门广场的那尊象征南京的古老图腾——巨型青铜貔貅，目光犀利，巍然端立，具有雄浑的内在品格和寓意祥瑞的王者气度。不由得让我想起南京这个帝王之都曾经是怎样的显赫一时。绕过广场向东便是中山陵风景区层层叠叠的苍翠。随着进出宁沪高速的车辆缓缓流动以及川流不息的人群，中山门与城墙内外的景物相谐相依地与这座城市融为一体。

我就这样不时地沿着光华门城墙经中山门，来到依傍钟山前湖的城墙根，面朝前湖，倚墙而坐。前湖清澈的湖水荡漾开来，有小鸭嬉戏，有飞鸟追逐，也有美丽的倒影呈现。紫金山的清明，中山植物园的秀润，尽收眼底。湖边的那棵老槐树，城墙边蓬勃的蔓藤已相识多年，就像我与城墙一样的心灵相通。在这里，与古城墙促膝长谈，静听它窸窣地诉说，那种安闲成为最俗常的人生享受。在这里，有了把自然还给自然的感受，整个世界从此变得宁静。然而与城墙相依久了，更觉与生命同在。我和城墙之间的契合以及那些深藏于城墙边的记忆，常常会浮现眼前。

记得第一次到光华门城墙，是 1981 年秋天，我从部队休假来南京。那时光华门的城墙荒芜，像一位沧桑的老人，孤独而悲怆地与周边大片绿油油的菜地为邻。我第一个念头，这里是南京郊区吧？细细观察发现与南京夫子庙仅一步之遥，而且是进出南京机场的要道，属南京核心城区。二十多年后的今天，这里发生了巨大变化。2007 年，市政府在城墙边新修了占地达两万平方米的城墙古遗址公园。园内的风景平台、绿化带设计最为精致。通过治理打造，使之成为南京城东护城河畔最美丽的滨河风光带。原来的卡脖子路段，已被四车道替代。宽敞的马路两边即是古城墙。它静静地注视着今天，也记忆着这里的历史脉络，展示着这里深厚的阅历。离城墙一百五十余米新建的金基·月亮湾，融合现代人居和民国风情的新文化而成为城墙边最精致的人文院落。如今走在城墙边，其一砖一木都有新意，沿途空间的变化，带给人舒适愉快的感觉。然而，过去发生的一切，仿佛就藏在城墙边的花丛里一跃而出，提醒我把目光投向长满青苔、积聚历史尘埃的老城墙。

记得第一次登上中山门城墙，是 1985 年初夏，我带着出生几个月的女儿从湖北来到南京。那时对城墙没有认知。印象最深的是城门和两侧城墙寒伧矗立，岁月剥蚀了青砖的表层，淡褪了皇权的威仪而显得破败不堪。要想上城墙必须沿着城门边一条陡而窄的石阶攀爬上去，十分危险。我与婆家大小十几人，艰难地上了中山门城墙，并拍下了首张全家福照片。站在城门上，放眼望去，中山门外的南京东郊空旷而悠远。苜蓿园大街那一片方圆十几公里只有稀疏的平房和零星的楼房。相距城门二百多米的月牙湖，清荷里掩隐着一片香红，小船休闲地轻摇，有江南小曲飘过，对岸是散落的民居。这一切似乎与后来二十多年间蓬勃兴建的紫金苑及梅花山庄等高档住宅区、月牙湖风光带以及湖边有名的"夜上海"大酒店、纵横交错的立交桥、快捷的地铁站、穿城而过的宁沪高速路接口等毫不搭界。转身俯瞰，城门西侧的中山东路车少顺畅，抬头放眼便无遮挡地透过明故宫看到繁华的商业街新街口。哪知道后来会在中山门内，奇迹般地升腾起超豪华的希尔顿大酒店和无数座高层建筑。那时改革的春风刚刚吹过城墙，小草树叶已经返青，万物开始复苏。我作为南京的客人站在城墙上，城墙只是我眼里的一道异乡风景，回到故乡对它的一丝牵恋，复杂的心境到现在还能体味。

我与城墙的悲欢离合，终于在 1987 年春天调到南京，于城墙边安家而了却。这也许就是常说的宿命吧。仿佛城墙就是为了等我，而历尽沧桑待了 600 年。今天再与城墙对话，因时空的变换而有了悠长的韵味在其中，像白云、像细雨、像和风。

依偎老城墙，我度过人生最幸福的时光。我牵着女儿的小手一次次走过老城墙。城墙边小树晃动的影子，犹如女儿蹒跚地学步。城墙上缠绕的紫藤花开烂漫，就像女儿盈盈的笑脸。城墙顶飞过的小鸟冲向蓝天化作美丽的虹，牵动我的情思，把心带向远方。我享受着城墙沁出的醇厚古风，默默祈愿它带给人们恒久的幸福和满满的收获。就在那一年的秋日，成熟的果香飘过窗棂，喧闹蒸腾打破院内往日的静。侧眼望去，原来是邻家的一对新人正依托着老城墙，喜气洋洋地拍婚纱照。他们时尚、浪漫的风采，掩映倚城墙而坐、安闲的老人龇着牙的笑脸。他们朗朗的笑声穿透了城墙，随着红色的藤蔓、白色的婚纱裙荡漾漾开去，化为一幅最美的画。

依偎老城墙，我度过了人生最繁忙的时光。忙工作、忙学习、忙职称考试。在生活的琐碎和学习的焦躁里，我无数次走过老城墙，或默默背记备考词条，或为微小的成功而沾沾自喜，或乘着氤氲的夜色对着城墙默默心语。城墙于我，是一种心理状态，也是一种生活方式。它在我的心里沉淀为一种季节印象，陪伴着我安然走过四季。

我曾经在城墙上无数次燃放鞭炮迎来一个个新年，曾经在城墙边仰望树梢的圆月，送走一个个中秋。当颔首泪流的一刹那，也送走无数美好的年华。唯一庆幸的是，在漫步城墙二十多年间，城门内外、城墙两边日新月异的变化带给我无尽欣喜。它在不断提高人们生活质量的同时，也留下太多的生命感触。今日写下这篇小记，感念过去的一个个寻常日子，同时也把欢乐和忧伤都一起深藏在了城墙边。

如今，墙边的小树已参天，紫薇花开依然烂漫。我女儿也依偎老城墙拍下婚纱照。与邻家姐姐不同的是，她有了化妆师相伴，有了摄影车随同。当她婉约奢华地走过古城墙，却不见倚墙而坐的老人，也不见了刻花窗棂炫耀的朱红。他们都在时光中老去。城墙边悠悠乐声和曼妙的舞步，替代了那些远去的朗朗笑声。

这座美丽之城，因了城墙而英气伟岸，也因了城墙而悲怆多情。多年来，南京在细节上体现出对它的体恤。《金陵晚报》开辟专页，刊登修建、维护城墙的信息和文章。近年间，南京先后修复中华门、玄武门等近十处的全段城墙和城门，在向人们展示南京城墙丰厚的历史文化内涵的同时，也使城墙成为南京人实实在在的守心墙。透过城墙的凹坎，多么希望看到未来的日子，古老与现代静静交汇、和谐相依、惺惺相惜啊。

沿着城墙走，是我热爱的漫步人生。

沿着城墙走，能到达梦里的明朝。

我的文字我的梦(代后记)

今年秋天，用缤纷写着圆满。

凝视"第九届冰心散文奖"评审委员会寄来的荣誉证书，心中涌起无言的感动。透过金色的字面，看到冰心的笑容，闪耀着睿智的光芒。"中国散文学会"秀丽的线条，染着富丽的红，排列如素锦，如《梦幻曲》缓缓奏起。它所营造的浪漫物语，神秘而不可言说。

打开页面，淡淡的墨香萦绕，字迹的条条玄青，融进多少难忘的细节。仿佛触碰冰心的手纹，温暖幸福、润物无声。她良好的学养、气度、格调隐于内，忽而又如阳光般倾泻，照在身上，映入心灵，给予我激励和一份沉甸甸的责任，同时也给予我一份清醒的自知。原来，写作是如此幸福。

徜徉文学的芳草地，采撷一朵朵小花，感受文学的气息，本来是想享受其繁华过程，没想到却给了我整个春天。我默默地问自己，是谁如此幸运，将这契合深意的日子吟成诗的长句？是谁踏进这块福地，去触摸散文的灿烂？

思绪在舒缓的心曲中游走，在深情里徘徊，在心灵的仪式上流连。曾经的阅读和写作经历，曾经与报纸杂志的机缘，也随着笔尖而纷至沓来。

记得年少时阅读冰心的《小橘灯》，平实从容的语言，极富弹性和表现力，诉说着战争隐秘的创伤。文中那个镇定、勇敢、乐观的小姑娘，有了那盏朦胧的橘红灯光，父女的分离、黑暗潮湿的山路也变得光明起来。小姑娘明澈的眼睛里，似乎弱化了战争年代的悲苦。《小橘灯》那份柔柔的欢悦，如清泉般滋润，以及与哲人窃窃私语的美感，为我的阅读和写作打开了一扇窗，从窗里望过去，斜倚的绿叶、新发的青苗正悄然生长。

岁月渐长，后天教化让我将阅读的惊奇和爱小心翼翼地收藏，又常常在华彩的春日里想起。《繁星春水》《一日的春光》《冰心散文集》等，成为送给自己串串的珍贵记忆和宝物。"一片冰心在玉壶"的名句，将温润无瑕的玉和晶莹剔透的冰连接在一起，表达一种君子品格。冰心与玉壶，文相辉映，点染多少读者的心。敬字如佛，细细翻阅，这些文字织补多少平凡生活，带给人多少美好感受。

又一个夏日，窗外流动的绿色格外透明。我安然书桌前，欣然写下《梅花，另一种乡愁》《生命中的一抹军绿》《今夕共此灯烛光》《静把岁月织繁华》等。"八一"建军节来临，读着自己的文字，走在鼓楼大街上，两旁的槐花开得正茂盛，手上的杂志散发着墨香。从此与一本本杂志结缘。

这是一场美丽的邂逅。十年光景长吗？在这十年里，我写下了《遇见最美的自己》《最是多情故乡雨》《何用堂前更种花》《晓来花片落秋风》《桂花摇落故园秋》等，把最纯粹、最真挚的情感托付给报纸副刊。副刊像一位忠贞的恋人，回馈我最铭心的爱。它希望我深入文本、走出文本，迈向更广阔的文学天地。

《桂花摇落故园秋》写桂花摇落的江南，写时空交错的江南。将笔墨放置于澄江一位文人身上，试图通过叙述他的人生往事挽留时光。将他从南到北、从国内到国外的生活体悟跃然纸上，展现澄江历史人物的变迁，认知他所不一样的更广阔的性情与心灵。那些抬眼的水面落花、侧耳的余音袅袅，消失的、遗忘的过往也被唤醒，并有了澄明的镜像。这篇文字刊载于《江阴日报》，本次获得殊荣，既包含个人的努力，也离不开众人的扶持，可谓我常年写作的最大收获吧。同时，十余年的写作经历也让我懂得：天道酬勤，也酬恒心……

冰心曾经说："成功的花儿，人们只惊羡她现时的明艳，然而当初她的芽儿，浸透了奋斗的泪泉，洒遍了牺牲的血雨。"这何尝不是对写作者艰辛的最好诠释？我知道，散文内在功力的修炼，如苏轼提出的"文理自然"，需要长期读书写作才能得来。因此，散文依凭的不仅是才气，更多的还有人格和历练。如此，我读冰心的深情文字，感受到了她长期修炼后达到的宁静致远。

冰心看着我，我的眼泪忍了又忍，一份感激从心中涌起。她温柔的声音，和蔼的面庞，依然如满月般遍洒清辉，给多少文学爱好者坚持文学的信念。西谚说，把幸运的人丢到河里，都能口衔宝物而归。我也许就是那位好运的女子吧。我远远地望着领奖台背景墙上冰心的照片，恭敬地向她颔首致敬。

这个秋天属于散文，她见证了散文的辉煌，也收获了文学的奖赏。在这里，我找到属于自己的世界，这个世界更接近本真。那些一直延续的文学缘分，是岁月馈赠的温暖收获。为此，我写下这篇文字，作为最深情的记录……